# अधजले ठुड्डे

(कहानी-संग्रह)

# अधजले ठूँठे

(कहानी-संग्रह)

हंसा दीप

वाणी प्रकाशन

प्रकाशन के उत्कृष्टतम 62 वर्ष

सजिल्द प्रथम संस्करण : 2025

vaniprakashan.com

वाणी प्रकाशन

*4695, 21-ए, दरियागंज, नयी दिल्ली-110 002*

*फ़ोन : + 91 11 23273167, 23275710*

**शाखाएँ**

*अशोक राजपथ, पटना-800 004, बिहार*

*कॉफ़ी हाउस कैम्पस, महात्मा गांधी मार्ग, प्रयागराज-211 001, उत्तर प्रदेश*

*महात्मा गांधी अन्तरराष्ट्रीय हिन्दी विश्वविद्यालय, वर्धा-442 001, महाराष्ट्र*

sales@vaniprakashan.in
vaniprakashan@gmail.com

Adhjale Thudde
*by Hansa Deep*

ISBN : 978-93-6287-197-8
Collection of Stories



मूल्य : **₹ 399**



*आर. टेक ऑफ़सेट प्रिंटर्स, दिल्ली-110 032 में मुद्रित*

*वाणी प्रकाशन का लोगो मक़बूल फ़िदा हुसैन की कूची से*

ख़ुशियों की अनवरत बौछारें देने वाले
तीनों बरसते बादल
वान्या, यविन और रिया को समर्पित

# अनुक्रम

# पुस्तक से

अपनी सिगरेट के बचे अधजले टुड्डे को कुचलते हुए सुन रहा था वह। उसके दाँत भिंच रहे थे। अख़बार के दृश्य से उभरता उसका ग़ुस्सा उसके पैरों में उतर आया था। वह टुकड़ा तो कब का राख होकर मिट्टी में मिल गया था लेकिन लीवी अब भी शान्त नहीं हुआ था। पैर से कुचलते रहना मन्द होती चिंगारी की चमक को बुझाना नहीं था, शायद यह अपने पैरों तले दुनिया को रौंदने का सुकून दे रहा था उसे।

**–अधजले टुड्डे**

एक बटे तीन में, तीन का यह अंक मुझे दंश की तरह चुभ रहा है। तीन करोड़ का मकान सीधे-सीधे तीन भाइयों के खाते में एक-एक करोड़ के अंक का सीधा-सरल गणित समझा गया। अंक गणित हो, बीज गणित हो या रेखा गणित, रिश्तों को झुठलाना हर गणित के, हर अंक ने सीख लिया है अब। खनखनाते अंकों के सामने कोई भी अंक, कोई भी गणित टिक नहीं पाता। रिश्तों के यू-टर्न शायद इन अंकों की ही साजिश है!

**–एक बटे तीन**

उस धुएँ में न ज़मीन दिखती थी न आसमान, बस धुँधलका था, साए थे और बेटियों के सर पर माँ का हाथ था। दोनों उनसे सटकर सहमी-सी चली आ रही थीं। वह एक ऐसा पल था जिसमें न कोई भारतीय था न कोई पाकिस्तानी, सिर्फ़ दहशत थी और घबराये हुए लोग थे। एक माँ थी, जिसका सम्बन्ध न किसी देश से था, न सरहद से। वह सिर्फ़ और सिर्फ़ बच्चों की माँ थी। अगल-बग़ल तृपित और तहरीम थीं और उनके सिर पर अम्मी का हाथ था।

**–अम्मी और मम्मी**

बरसों-बरस से परिवारों का नेपथ्य वही था, सिर्फ़ कथ्य भर बदला था, वह भी ज़रा-सा। परिणाम भी बरसों से वही था, महज़ अर्थ भर बदला था, वह भी ज़रा-सा। किसने, किसके घर को तोड़ा, यह सोचने का समय किसी के पास नहीं था। सुख की तलाश फिर से शुरू हो गयी थी; इधर रुबिन की, उधर रेने की। टूटने के निशान बने भी नहीं थे कि मिटने लगे। अपने-अपने जीवन की दख़लअन्दाज़ी को बाहर निकालकर फेंकते हुए अजीब-सा सुख मिला था, अपने अहं की जीत का सुख।

**—घुसपैठ**

पारा शून्य से बीस डिग्री नीचे। नाक की नमी बर्फ़ीला कंकड़ बनकर नाक में चुभने लगी है। बर्फ़ के सफ़ेद, नन्हे कण एकजुट होकर हर जगह अपना आधिपत्य जमा रहे हैं। न डामर की सड़क की कालिमा बची है, न किसी घर की छत के कवेलू का कोई रंग; बर्फ़ के इन कणों ने मिलकर हर रंग को अपनी सफ़ेदी में बदल दिया है। पेड़-पौधों की डालियाँ इनसे लदकर स्वागत में झुक गयी हैं। इक्का-दुक्का पैदल चलने वाले ऐसे लगते जैसे बर्फ़ का कोई बण्डल चला जा रहा हो।

**—बैटरी**

उसके रुई जैसे कोमल और दूधिया हाथ बॉब के मज़बूत हाथों में थे। अनदेखा-अनकहा जो था, शब्दों-रंगों से परे जो था, वह कई किताबों में था, कलाकृतियों में था, लेकिन इस समय उन दो गुनगुनी हथेलियों के बीच था। गर्म हथेलियों की तपन ने इवा के जमे हुए आँसुओं को बहा दिया। शाम का धुँधलका अपने चरम पर था। काले बादलों का झुण्ड, सफ़ेद बादलों के साथ एकाकार होते, डूबते सूरज की लालिमा में विलीन हो रहा था। न दिन था, न रात, सिन्दूरी शाम थी।

**—कॉफ़ी में क्रीम**

न तो उन्हें घड़ी के काँटों की पहचान थी, न समय की, लेकिन खाना देने वाले की पहचान उन्हें थी। मनुष्यों से अधिक वफ़ादार जानवर होते हैं, सुना तो था, उन चारों के अपनेपन के कारण देख भी लिया। वे अपने-अपने समय पर आते, उससे आँखें मिलाते, अपना तोहफ़ा लेते और आवाज़ें निकालते हुए लौट जाते। मानो उसे दुआ दे रहे हों। कम से कम एहसान फ़रामोश हरगिज नहीं थे वे। वह सोच रही थी कि जब कभी उसकी मृत्यु होगी, कम से कम ये चार आँसू तो उसे कन्धा दे ही देंगे।

**— शून्य के भीतर**

मौन टूटता तो शब्द आपस में भिड़ जाते, मानो प्रतीक्षा कर रहे हों कि कब मुँह की जेल से मुक्ति मिले और कब बाहर आकर आग लगायें। सुबह की पहली किरण के साथ अनवरत बहस शुरू हो जाती। जीवन की ढलती साँझ ने इसे अब दिनचर्या का एक हिस्सा बना लिया था। ढिठाई-भरे वे पल बग़ैर बहस के आगे नहीं बढ़ते। हर दिन ग़ुस्सा भुनभुनाता हुआ आता और धीरे-धीरे पुआल की आग में तब्दील होकर उसे जलाता रहता। बची रहती तो महुए की वह आग जो बरसों से रिश्ते को सेंक देकर बचाये हुए थी।

**—पुआल की आग**

आधी जगी, आधी सोयी वह स्टीव से बातें कर रही थी। डिरांग की आँखें धीरे-धीरे खुलने लगी थीं, रोज़ा की बन्द होने लगी थीं। किन्तु उसके होंठों पर मुस्कान थी क्योंकि सामने स्टीव खड़ा था, उसका हाथ पकड़ने के लिए। जीवन का लेन-देन हो गया था। मौत ने आमन्त्रण स्वीकार कर लिया था। ऊपरवाली छत धुँधलाने लगी थी। पल भर में लिया गया फ़ैसला सुकून की मौत दे गया था। अपनी मृत्यु वरण करने का सुख हर किसी को नहीं मिलता, रोज़ा को मिला था। काठ की हांडी स्वयं चूल्हे पर चढ़ गयी थी ताकि आग बरक़रार रहे।

**—काठ की हांडी**

# अधजले ठुड्डे

आज उसके काम का दूसरा दिन था। बैकयार्ड के रंग-रोगन व झाड़-फूस साफ़ करवाने के लिए मैंने उसे बुलाया था। गर्मी में बाहर बैठने का आनन्द लेने की तैयारी थी। पूरे सात-आठ महीनों की ठिठुरती सर्दियों के बाद मौसम का बदलाव, मन को भी बदल रहा था। आने वाले दिनों में अधिक से अधिक बाहर बैठकर खुली हवा में साँस लेने के लिए सफ़ाई ज़रूरी थी। कई लोगों को फ़ोन करने के बाद इसे चुना था मैंने, जिसका नाम था–लीवी।

समय का पाबन्द था वह। कल की तरह आज भी ठीक नौ बजे उसकी गाड़ी लग गयी ड्राइव-वे में। साइड के गेट से वह पिछवाड़े आया। आते हुए ड्राइव-वे में पड़ा अख़बार उठाता लाया। फ्रंट पेज पर 'मैं साँस नहीं ले पा रहा' शीर्षक के नीचे बड़ा-सा फ़ोटो था, उस दृश्य के साथ जब पुलिस का पाँव उस ब्लैक आदमी की गर्दन पर था और वह नीचे दबा हुआ था। विश्व भर में रंगभेद के ख़िलाफ़ चल रहे प्रदर्शनों से भरा हुआ था अख़बार।

"यू सी, बैड पिपुल इन दिस वर्ल्ड!"

मैंने हामी भरी। 'दुनिया में बुरे लोगों की कमी नहीं' यह जुमला मेरी ज़बान पर हमेशा रहता है। मैं चाहती तो सहानुभूति के दो शब्द कह सकती थी। उसकी मन:स्थिति का भान तो था मुझे, पर अपना काम करवाने की फ़िक्र ज़्यादा थी। उसका ध्यान हटाने के लिए तत्काल उसके हाथ से अख़बार ले लिया। अनावश्यक बहस में पड़कर किसी के ज़ख़्मों पर नमक लगाने का फ़ायदा ही क्या! आज उसे क्या-क्या करना है, इसकी जानकारी देने लगी।

अपनी सिगरेट के बचे अधजले ठुड्डे को कुचलते हुए सुन रहा था वह। उसके दाँत भिंच रहे थे। अख़बार के दृश्य से उभरता उसका ग़ुस्सा उसके पैरों में उतर आया था।

वह टुकड़ा तो कब का राख होकर मिट्टी में मिल गया था लेकिन लीवी अब भी शान्त नहीं हुआ था। पैर से कुचलते रहना मन्द होती चिंगारी की चमक को बुझाना नहीं था, शायद यह अपने पैरों तले दुनिया को रौंदने का सुकून दे रहा था उसे।

कल जब पहली बार लीवी से मिली तो उसे देखती रह गयी थी मैं। फ़ोन पर कुछ पता नहीं चला था कि किससे बात कर रही हूँ। बात करने वाले की आवाज़ भारी थी और बहुत सलीक़े से बात कर रहा था। ठीक नौ बजे गाड़ी आकर रुकी थी। मैंने उसे फ़ोन पर सीधे बैकयार्ड में आने को ही कहा था। जहाँ तक हो सके घर में लोग न घुसें तो ठीक लगता है मुझे। किसी को इस बात का अहसास न हो कि यहाँ एक अकेली महिला रहती है। छोटे-मोटे काम भी करवाने हों तो आने-जाने में, देखने में, लोगों को घर के बारे में बहुत कुछ पता चल जाता है। इसी वजह से मैं अतिरिक्त सावधानी बरतती थी।

सामने से आते हुए उसे देखा था मैंने, वह ब्लैक था–अश्वेत। काला रंग और कितना काला हो सकता है, उसके शरीर को देखकर यह पता चला। लम्बा और मज़बूत, पहली नज़र पड़ते ही डर-सा लगने लगा था। उसने भाँप लिया। शायद इस प्रतिक्रिया का आदी हो गया था वह।

कहने लगा–"डोंट लुक एट मी, लुक एट माय वर्क।"

सही कहता है वह। ऐसा कहने की ज़रूरत पड़ी उसे क्योंकि उसकी शकल ही ऐसी है जिसे देखकर अविश्वास के भाव आ जायें। आदमी ख़ुद को पहचानने लगता है। ख़ुद को बहुत अच्छी तरह आँक लेता है। वह जानता है कि कोई उसका चेहरा देखना पसन्द नहीं करता। काली चमड़ी और बड़े नथुनेवाली नाक। गंजा सिर, हाथों में कामकाजी मटमैले दास्ताने और पैरों में भारी भरकम स्निकर्स।

उसकी कद-काठी के सामने नाटे क़द की मैं इस तरह खड़ी थी जैसे किसी हाथी के सामने कोई चींटी सिर उठाकर बात कर रही हो। किसी भी क्षण वह हाथी अपनी हथेली से मसल दे तो चींटी को चीख़ने का भी मौक़ा न मिले और दुनिया से अलविदा कह जाये। उसके व्यक्तित्व से बाहर आने में कुछ पल लगे थे मुझे। न जाने किस देश से उसकी जड़ें जुड़ी हुई थीं, पर उसके तेवर साफ़ दिखाई दे रहे थे। एक कुशल कारीगर के तेवर। बेईमानी की मिठास नहीं, ईमानदारी की तल्ख़ झलक दिखी थी।

"एक बार मेरा काम देख लो, फिर किसी और का काम पसन्द ही नहीं आयेगा तुम्हें।"

सच ही कहा था उसने। एक दिन में जितना काम निपटाया था, कहीं कोई गुंजाइश नहीं थी कि उससे बेहतर कुछ हो सकता है। उसने अपने काम को अपनी ताक़त बनाया। यह कौशल उसे जन्म से नहीं मिला है बल्कि उसने अर्जित किया है, यही कहना चाहता था वह। अपनी चमड़ी का रंग तय करना उसके हाथों में नहीं था। अपनी मोटी और फूली हुई नाक को भी वह आकार नहीं दे सकता था। जिसके लिए वह कुछ कर ही नहीं सकता, वह कैसे उसकी अच्छाई या बुराई का पैमाना हो सकता है। उसका रूप-रंग उसके भीतर की अच्छाइयों को नकार नहीं सकता।

अपने काम के पूरे पैसे लेता है वह। कोई कोताही नहीं। जैसे ही बोलने के लिए मुँह खोलता है, उसके सफ़ेद दाँत मुस्कुराते हुए चमकने लगते हैं। लगता है, सफ़ेद मोतियों की माला गूँथ दी हो किसी ने। मैं उसकी बात सुनते हुए उसके दाँतों की चमक में खो जाती हूँ। और कहीं देखने लायक़ जगह ढूँढ़ नहीं पाती आँखें। जानती हूँ कि ऐसा सोचना उसके प्रति अन्याय है। मुझे रेसिस्ट बना देता है। पर मैं भी क्या करूँ! सफ़ेदी किसे नहीं भाती। या फिर यूँ कहूँ कि आँखों को सफ़ेदी अच्छी लगती है। फिर चाहे वह काग़ज़ की हो या चमड़ी की।

मैं भी कोई गोरी-चिट्ठी तो हूँ नहीं। दूध की धुली हूँ। कहावत नहीं, सचमुच! माँ ने दूध से ख़ूब रगड़-रगड़ कर धोया था मुझे। बचपन में जब माँ मुझे दूध से नहलाती थीं तो जितनी देर मेरे बदन पर दूध रहता था वे प्यार से देखती रहतीं। यही दुआएँ देतीं कि रोज दूध से नहायेगी, ऐसे ही दूध जैसी गोरी हो जायेगी।

मैं दूध से नहाती रही। जैसी थी वैसी ही रही पर माँ के नज़रिये से कालापन चला गया था, ताँबई रंग देकर। वह रंग जो इस विदेशी धरती पर मुझे बहुत सिक्योर करता था। ब्राउन कही जाती थी मैं। न तो काले रंग पर होते अत्याचार सहने पड़ते मुझे, न ही गोरे रंग की तानाशाही का आरोप लगता मुझ पर, न ही चीन से कोरोना लाने की दोषी मानी जाती।

यह भी जानती हूँ कि मुझसे बात करते हुए लोगों की नज़र मेरे दाँतों पर भी न जाती होगी। क्योंकि वहाँ तो लीवी के दाँतों जैसी सफ़ेदी नहीं है। चाय और कॉफ़ी के कप को निरन्तर झेलते मेरे दाँत मेरे ब्राउन रंग के साथ एकमेक हो गये थे। अगर किसी पैमाने से नापने लगूँ तो लीवी से दस प्रतिशत बेहतर हूँ।

मैंने भी कई बार अपने सामने खड़े गोरे लोगों को अपने से बहुत ऊपर पाया था। ग्लानि महसूस की थी। तब मेरे तेवर भी अपने काम की निष्ठा के कारण ही थे। रिटायर तो अब हुई हूँ लेकिन लीवी की तरह ख़ून के घूँट तो मैंने भी पिये हैं। एक बार नहीं, कई बार।

गायों और भैंसों के बीच रहते घोड़ों की चमड़ी लेकर घूमने वाली मैं, रंगों की साजिशों का एक हिस्सा थी—व्हाइट, ब्लैक एंड ब्राउन; श्वेत, अश्वेत और ताँबई! गवाही देते हुए अपने देश का वह इतिहास भी अवचेतन में कौंधने लगता, जब अपने ही देश में, अपने ही लोग कुचले गये थे। गोरे पैरों के काले जूतों की तबाही का ताण्डव! वह तल्ख़ी आज भी भीतर शेष है कहीं।

लीवी अपनी काली चमड़ी का ग़ुस्सा उन सब लोगों पर निकालता जिनकी चमड़ी उससे कई गुना उजली थी। मुझसे उसे किसी प्रकार का कोई बैर नहीं था, खुलकर बात करता। उसे हम दोनों में कुछ समानताएँ दिखती होंगी शायद। तभी तो बेहिचक अपने ग़ुस्से को ज़ाहिर करता।

उसका काम मुझे अच्छा लगने लगा था। बाहर के काम को उसने दो दिन में निपटा दिया तो मुझे लगा कि घर के अन्दर भी कई सालों से पुताई नहीं हुई। दीवारें बदरंग होकर अपनी चमक बहुत पहले खो चुकी हैं। अब तो कहीं-कहीं पलस्तर और गिरते रंग के क़तरों के साथ अन्दर का नंगापन झाँकने लगा है।

क्यों न साथ ही साथ यह काम भी करवा लिया जाये। जब वह जाने लगा तब आज के काम के पैसे देकर मैंने उससे अन्दर के रंग-रोगन की बात की। उसने एक नज़र घर को देखा, अनुमान लगाकर पक्का किया कि यह तीन बेडरूम का मकान है। घर के बाहरी आकार को देखकर अन्दरूनी लम्बाई—चौड़ाई का आभास था उसे।

वह राज़ी हो गया। अगली सुबह आते समय रंग के तक़रीबन दस डिब्बे, ब्रश, रोलर आदि सामान ख़रीद कर लाने के लिये उसे पाँच सौ डॉलर दिये। जैसे ही उसने नोट अपनी जेब के हवाले किये तो मुझे लगा कि अब वह लौटकर नहीं आयेगा। अकेली महिला को देखकर लूटने का यह अच्छा मौक़ा है उसके पास।

लीवी पर, उसके काम पर विश्वास करने के बाद भी मन का डगमग होना विस्मित करता रहा। ऐसे चेहरों पर तो पूरी दुनिया शक करती है और मैं भी तो आख़िरकार उसी दुनिया का हिस्सा थी। अपने मन को समझा भी रही थी कि अगर वह नहीं आया तो कोई बात नहीं, पाँच सौ डॉलर के एवज़ में मुझे अक़्ल तो आयेगी।

अगली सुबह उठते ही उसकी प्रतीक्षा होने लगी थी। नौ बजने में एक घण्टा बाक़ी था और मेरी धुकधुकी चालू हो गयी थी। अपनी बेचैनी को दूर करने के लिए सोचा गली के कॉर्नर तक टहल आती हूँ। समय कट जायेगा और ध्यान भी भटक जायेगा।

टहलते हुए देखा रोज़ की तरह आज सब कुछ साफ़ नहीं है। यहाँ-वहाँ काग़ज़ के टुकड़े, पत्तियाँ और खाने की चीज़ें बिखरी पड़ी हैं। दो-तीन टिम हॉर्टन्स के कॉफ़ी कप भी लुढ़क रहे हैं। कचरे के डिब्बे ठसाठस भरे हुए हैं। ढक्कन बन्द न हो पाने से तीखी गन्ध फैल रही है। आसपास पड़े सिगरेट के टुड्डे बग़ैर कुचले फेंके गये लगते हैं। उन्हें देखते हुए एक पल के लिए मेरे क़दम थम गये। उन टुड्डों में मुझे कभी लीवी की, तो कभी अपनी शकल दिखाई दी। एक ब्लैक और एक ब्राउन, जिन्हें कुचलने वाले पैरों को कभी अहसास भी नहीं होता कि वे किसी आदमी को कुचल रहे हैं या सिगरेट के टुकड़े को।

तक़रीबन आधा घण्टा घूम-घामकर मैं वापस घर आ गयी। चाय-नाश्ता करके घड़ी के काँटों पर नज़र जाती, उसके पहले कुछ आवाज़ें सुनीं। खिड़की से देखा कि लीवी की गाड़ी आकर रुकी। गाड़ी पार्क करके उसी के जैसे दिखते तीन लोग उसके साथ दरवाज़े की ओर बढ़ते चले आ रहे थे। अब तक तो मैं अकेले लीवी से डर रही थी मगर अब तीन और! उसने घण्टी बजायी और कहा कि हम यहाँ का काम एक दिन में निपटा देंगे। इसीलिए पूरी टीम काम करेगी।

धड़-धड़ करते वे लोग घर में घुसे तो मेरी साँस धौंकनी की तरह चलने लगी। वे कुल चार और मैं अकेली, अब तो मैं चींटी भी नहीं रही थी। चारों मिलकर एक फूँक में ही मुझे उड़ा सकते थे। बैठक से काम शुरू कर दिया उन्होंने। किचन में बिना मतलब के कुछ तो भी इधर-उधर कर रही थी मैं। टेढ़ी नज़र से जायज़ा लेती जा रही थी कि वे लोग क्या कर रहे हैं।

कोई दीवार घिस रहा था, कोई कपड़ा बिछा रहा था, तो कोई डिब्बों से रंग निकाल रहा था। न तो उन्होंने किसी सामान को खिसकाने के लिए बुलाया मुझे, न ही मेरी कोई मदद माँगी। एक के बाद एक रंग के डिब्बे ख़ाली होते रहे और वे एक कमरे से दूसरे कमरे में जाते रहे।

मैं हैरान थी। इतनी तेज़ी से, इतना अच्छा काम हो रहा था। कमरे रँग-रँगाकर चमकने लगे थे। जो सामान जहाँ था, वापस वहीं रखते जा रहे थे। बीच-बीच में उन्हें कोक, चाय-कॉफ़ी आदि के लिए पूछ रही थी मैं। वे ख़ुश थे। ख़ूब बातें कर रहे थे व ठहाके लगा रहे थे। मुझे भी बीच-बीच में अपनी बातों में शामिल कर रहे थे। बातें करने का उनका बेबाक लहजा मुझे बरबस ही हँसा देता था।

लंच का समय हुआ तो वे सब आधे घण्टे के लिए गये। लौटकर आये तो मेरे लिए भी एक पिज्जा की स्लाइस लेकर आये।

मैंने पूछा–"मेरे लिए क्यों!"

लीवी बोला–"बिकॉज़ यू आर वेरी नाइस।"

मैं खिसिया गयी। मेरे अन्दर का वह सच छुपाये नहीं छुप रहा था कि, "मुझे तो तुम पर ज़रा भी विश्वास नहीं।"

पिज्जा मुझे बहुत पसन्द है। लेकिन न जाने क्यों उस पिज्जा की स्लाइस ने मुझे आकृष्ट नहीं किया। लीवी की भलमनसाहत का आदर करते हुए मैंने उसे फ्रिज में रख दिया यह सोचकर कि बाद में फेंक दूँगी।

तेज़ी से काम हो रहा था। बीच में दो बार उसने और रंग लाने के लिए पैसे माँगे। हर बार मेरे हाथ से जाते हुए नोट मुझे डराकर जाते। यही लगता कि अब नहीं आयेगा वह। जब वह बाहर जाता तो उसके साथी बाहर घास में बैठकर सुस्ता लेते। कुछ ही देर में वह लौट आता, मुस्कुराते हुए। लीवी की दूध सी उजली हँसी अब मुझे बहुत अच्छी लगती, मेरे विश्वास को बढ़ाती।

उनका काम खत्म होते-होते शाम के सात बज गये। दो दिन का काम एक दिन में ख़त्म करके अब वे जाने की तैयारी कर रहे थे। रंग-रोगन के बाद हुई गन्दगी को साफ़ करके हाथ धो रहे थे। मैंने लीवी को उसके पैसे दिये, टिप भी दी, ताकि वे चारों अच्छी तरह डिनर कर सकें।

काम करने वाले का और काम करवाने वाले का रिश्ता अब सहज था। दिन भर घर में उन चारों के ठहाकों की रौनक थी। बहुत हँसाया था मुझे। घर के अन्दर की एक-एक चीज़ को लीवी सहित चार लोगों ने देख लिया था, पर अब वैसा कोई डर मुझे कचोट नहीं रहा था। न जाने क्यों मुझे बार-बार यही लग रहा था कि लीवी मुझे पहले क्यों नहीं मिला। कई बार छोटे-मोटे काम करवाने के लिए मुझे बहुत परेशानी उठानी पड़ी है।

जाते हुए मैंने उसे बाहर लॉन में सिगरेट के कश लगाते हुए देखा। बरबस ही मेरे मन में उत्कण्ठा जागी कि देखूँ तो सही, इस समय सिगरेट के अधजले टुड्डे को वह कुचलता है या नहीं। उसने वह सिगरेट का टुकड़ा बुझने तक थामे रखा और फिर पास रखे कचरे के डिब्बे में फेंककर, गाड़ी स्टार्ट करके चला गया।

मैंने सन्तोष की साँस ली कि उसके मन में मेरे लिए कोई ग़ुस्सा नहीं है। मैं अपने मन की बात को दबाकर रख पायी थी। मैंने फ्रिज में से उसका लाया पिज्जा निकाला और गरम करके खाना शुरू किया। मानो लीवी यहीं कहीं कमरे में मौजूद हो और देख रहा हो कि मैंने उसकी ट्रीट का आदर किया।

मेरे सामने अब उसके सफ़ेद दाँत ही नहीं उसका पूरा व्यक्तित्व था, उजली किरण से भी उजला।

# एक बटे तीन

आज माँ की सम्पत्ति का बँटवारा हो गया। ज़मीन-जायदाद का बँटवारा सदा ही होता रहा है, कोई नयी बात नहीं। नयी बात यह है कि यहाँ एक बटे चार नहीं, एक बटे तीन हुआ। माँ के चार बेटों की सूची से मेरा नाम हट गया। शायद उसी दिन से हट गया था जिस दिन मैंने देश छोड़ा था। फ़र्क़ बस इतना ही है कि मुझे इस बात का पता आज चला। विदेश में बस जाने के कारण मैं उस वसीयत में कहीं नहीं था। शायद देश छोड़ने के बाद मैं माँ का बेटा भी नहीं रह गया था।

माँ के रहते तो मैं उन तीनों से अधिक लाड़ला रहा, जो माँ की गोद में मेरे बाद आये थे। जल्दी ही मैंने दूर आसमान में छलाँग लगा ली थी। उड़ते समय अपनी जड़ों को उखाड़कर साथ ले आया था। ख़ुद तो जड़ों से जुड़ा रहा पर उस ज़मीन से कट गया जहाँ से ये जड़ें जुड़ी थीं। जब वहाँ जड़ें ही नहीं रहीं तो कैसा बेटा, कैसा भाई, कैसी वसीयत! इसीलिए मेरा नाम काट दिया गया था।

यह समाचार मेरे लिए पीड़ादायी नहीं होना चाहिए था, पर बहुत पीड़ा हुई। पैसों की पीड़ा हो न हो, यह पीड़ा ज़रूर थी कि मेरा नाम माँ के बेटों की सूची में ही नहीं था। ख़ून का रिश्ता दूरियों ने लील लिया था। लाल रंग का ख़ून आसमानों की उड़ान के बाद इस क़दर धुँधलाया कि अपना रंग ही नहीं, वजूद भी खो बैठा।

अपने देश से विदेश आते समय कई बार आँखें भीगी होंगी लेकिन जिस तरह आज भीगी हैं, उसकी चोट गहरे तक साल रही है। अपने हिस्से को बाँटने के बारे में मेरी योजना थी। मैंने सोचकर रखा था कि अपने हिस्से को मैं भाइयों व उनके बच्चों में कितना बाँटूँगा। माँ के नाम से कहाँ-कहाँ अस्पताल में दान करूँगा, ग़रीबों के लिए मदद भेजूँगा। लेकिन छोटे भाइयों ने मुझे यह ज़हमत उठाने का मौक़ा ही नहीं दिया। वे जानते होंगे कि यह लोगों में बाँटकर दानवीर बन जायेगा। ग़रीबों की

दुआएँ अकेला ले लेगा। इससे तो अच्छा है कि हमारी ही दुआएँ लग जायें। हम भी तो ग़रीब हैं।

मेरी सोच निरन्तर एक दिशा से दूसरी दिशा में पेडुलम की तरह डोल रही है। अपनों के मन का परायापन साल रहा है। एक बटे तीन में, तीन का यह अंक मुझे दंश की तरह चुभ रहा है। तीन करोड़ का मकान सीधे-सीधे तीन भाइयों के खाते में एक-एक करोड़ के अंक का सीधा-सरल गणित समझा गया। अंक गणित हो, बीज गणित हो या रेखा गणित, रिश्तों को झुठलाना हर गणित के, हर अंक ने सीख लिया है अब। खनखनाते अंकों के सामने कोई भी अंक, कोई भी गणित टिक नहीं पाता। रिश्तों का यू-टर्न शायद इन अंकों की ही साज़िश है!

माँ को गये अभी छह महीने ही हुए। 30 मार्च 2020 का वह दिन, जब कोविड19 काल शुरू ही हुआ था। सारी उड़ानें रद्द कर दी गयी थीं। भारत में लॉकडाउन का पालन कोई नहीं कर रहा था। माँ की मृत्यु पर रिश्तेदारों की छोटी-सी भीड़ थी। सबसे बड़ा बेटा, सबसे दूर, विदेश में बैठा अपनी माँ को ऑनलाइन विदा दे रहा था।

माँ इतने साल नहीं गयी पर कोरोना के आते ही चली गयी। शायद जानती थी कि कुछ दिन और रुकी तो उसके पास कोई आकर भी खड़ा नहीं होगा। अभी कम से कम चार कन्धे तो मिल जायेंगे। मैं जा नहीं पाया। अपनी माँ के अन्तिम संस्कार में नहीं जा पाया। उसी माँ के अन्तिम संस्कार में जो मेरे गुण गाते नहीं थकती थी। उसी माँ को मैंने विदाई दी, आकाश में तरंगों के द्वारा। उस तरंग से जो मेरे अन्दर उठती, मन की लहरों को लेकर वहाँ पहुँचती, उस अग्नि की लौ के साथ एकाकार होती और माँ से मेरी मुलाक़ात करवा देती।

आवाज़ आती–"ना ना, दु:खी मत हो, बेटा! तू तो दूर होकर भी बहुत पास है मेरे।"

और मैं माँ के इस अथाह प्यार की गहराई को महसूस कर ख़ुद को समझा लेता। अपनी मजबूरी ज़ाहिर कर देता। और वह समझ जाती हमेशा की तरह–"आगे बढ़ने के लिए बहुत कुछ छोड़ना पड़ता है। तू तो आगे बढ़, परिवार का नाम रोशन कर।"

"तेरी कभी कोई चिन्ता नहीं रही मुझे, चिन्ता तो इन नालायक़ों की है।"

"तू मेरी, यहाँ की चिन्ता बिल्कुल मत कर, मैं हूँ यहाँ।"

अपने क़ाबिल बेटे की क़ाबिलियत का नाज़ माँ के शब्दों में होता–"जिस कोख से तेरे जैसा हीरा जन्मा, उसी कोख से इन नालायक़ों ने भी जन्म लिया।"

इन शब्दों की मज़बूती कुछ ऐसी थी कि मैंने कभी न माँ की चिन्ता की, न भाइयों की। किसी बात की अगर चिन्ता की तो अपने कैरियर की। आगे बढ़ता रहा। देश जाना कम होता गया। माँ को दिलासा देता रहा। माँ के आशीर्वादों की झड़ी अपने माथे पर बरसते देख खो गया अपनी ज़िन्दगी में।

सबसे छोटे भाई के जन्म के बाद ही पिता जी हमें छोड़कर साधु बन गये थे। कहते थे–"मैं वैराग्य ले रहा हूँ। आत्मा का कल्याण करना है।"

कहने वाले कहते रहे–"इतने साल बीवी के साथ बच्चों को पैदा करते हुए वैराग्य कभी आड़े नहीं आया होगा!"

"चार छोटे बच्चों को देखते हुए लोगों का वैराग्य हो तो भी चला जाता है। इन महाशय को अब आया है।"

वैराग्य की धुन में कहाँ चले गये, किसी को कुछ पता नहीं चला। माँ क्या करती! वह तो जैसे समय को स्वीकार करने के लिए ही बनी थी। पहचानती थी अपनी विवशता को। शिकायत करती भी तो किससे? वह जो वैरागी बन गया उससे, या वह जो ब्याहकर लाया उससे! चार पुत्रों की सौग़ात दी और अकेले छोड़कर चला गया। अकेले कैसे आत्मा का कल्याण करेगा! कहाँ जायेगा, साधुओं के बीच रहकर, क्या कभी अतीत को भूल पायेगा!

जितने मुँह उतनी बातें, कोई कहता–"किसी ने कुछ कर दिया शायद।"

"ऊपर की हवा लग गयी। तभी तो एकाएक वैराग्य हो गया।"

ऊपर की हवा में कई आत्माएँ नज़र आतीं जो बाबू को अपनी ओर खींचतीं दिखाई देतीं। लगता वे मृतात्माएँ खींचकर ले गयीं बाबू को और हम ज़िन्दा चार बच्चे व उनकी पत्नी नहीं खींच पाये। बाबू-मंथन की दौड़ में हम हार गये। माँ रोती हुई क़िस्मत को कोसती नहीं रही। डटकर सामना किया। सब कुछ सँभालकर बच्चों की परवरिश की। मुझे पढ़ाया-लिखाया। मुझसे छोटों को भी पढ़ाने की बहुत कोशिश की। वे नक़ल करके जैसे-तैसे पास होते रहे किन्तु नौवीं-दसवीं तक आते-आते वह भी छोड़ दिया।

हम सब बड़े होते गये। बग़ैर माँ-बाप के बच्चे भी बड़े हो जाते हैं। हमारे साथ तो माँ थी जो बाप बनकर सिर पर हाथ रखती और माँ के आँचल का सुख भी देती। हमारी माली हालत बुरी नहीं थी, ठीक-ठाक थी। न भी होती तो माँ भूखे रहकर हमें

खिलाती। शुरू के दो-चार महीने जमा-पूँजी से काम चलता रहा। उसके बाद तो माँ ने मेहनत करके अपनी दुकान अच्छी तरह संभाल ली थी। पहले से भी अच्छी चलने लगी थी। रहने के लिए तो पुश्तैनी हवेली थी ही। बस रोज़ का ख़र्च चलाने की जुगाड़ ही करनी थी।

एक ज़माना था जब हम चारों बड़े होते तन्दुरुस्त भाइयों को देखकर माँ को इतनी ख़ुशियाँ मिलती थीं कि उसे आगत भविष्य का वह झूला दिखाई देता जिस पर वह झूल रही होती और बेटे-बहुएँ, पोते-पोतियाँ सब झुला रहे होते। आसपास सेवक-सेविकाएँ होते जो सेठानी माँ की सेवा में तैयार खड़े होते। तब तो पूत के पैर पालने में थे। पालने से निकलकर वे ही पैर अपने पैरों पर खड़े हुए। आँखें अपना सपना देखने लगीं। मैं विदेश आ गया और शेष तीनों जैसे-तैसे अपना ख़र्च चलाते रहे। सबके अपने सपने थे। उन सपनों में माँ कहीं नहीं होती। अगर कुछ होता तो माँ का बड़ा घर। जिसके चार टुकड़ों में एक टुकड़ा बहुत प्यारा लगता। वही अपना लगता, अपना सपना लगता।

वह जर्जर पुश्तैनी मकान गाँव के नगरीकरण में प्रवेश के आसार के साथ करोड़ों की सम्पत्ति में बदल गया था। घर, घर था ही नहीं, कबाड़ख़ाना था। न जाने कितने बरसों की बग़ैर काम की चीज़ें पड़ी हुई थीं जो एक बार घर में आयीं तो बस आ गयीं। कभी उन्हें फेंकने या धूल झाड़ने की ज़रूरत महसूस नहीं होती। मानो किसी भी चीज़ ने घर में क़दम रखा तो अब वह घर का हिस्सा है। घर से बाहर जा नहीं सकता। बेजुबान चीज़ें तो घर में रहीं पर ज़ुबान वाले चले गये। जिनसे घर, घर था वे पिता तो गये ही थे, घर के बेटे भी एक-एक करके चले गये थे। जिन्हें माँ नहीं रोक सकती थी, नहीं रोका, पर इन चीज़ों को घर में रोकती रही।

कभी फ़ुरसत में सहलाकर देखती होगी। उनसे बातें करती होगी। याद करती होगी वे दिन जब घर हरा-भरा था। तब चीज़ें नहीं घर के लोग बोलते थे। अब वह दायित्व इन चीज़ों ने ले लिया था जो यदा-कदा माँ को स्मृतियों से रूबरू करवा देती थीं।

बड़े घर में, छोटे-से कद की माँ का कोई एक कमरा नहीं था। चारों ओर, जहाँ मन किया, बैठ जाया करती थी। जहाँ मन किया, दोपहर की झपकी ले लिया करती थी। कमरे थे ही कहाँ घर में! बड़े हॉल के हॉल थे। तब छोटे कमरों का चलन ही नहीं होता था शायद। घर में जितने बड़े-बड़े हॉल हों, उतना ही घर अच्छा माना जाता था। और उन बड़े हॉलनुमा कमरों में हर चीज़ बेतरतीब रखी होती थी। ऐसी

कि जिस चीज़ की ज़रूरत पड़े वह आँख उठाते ही मिल जाये। किसी ने कभी कुछ ज़माने की या बदलने की कोशिश नहीं की। अपने काम की चीज़ दिखी तो माँ से पूछकर ले ली।

सालों हो गये थे। देखरेख नहीं हो रही थी। सफ़ेद चूने से पुती दीवारों के पोपड़े खिर-खिर खिरते जा रहे थे। जहाँ-तहाँ छिपकलियों की घनी बस्ती दिखाई देती। कभी-कभी चूहे भी दिखाई देते। इतनी तेज़ दौड़ लगाते, फिर भी साफ़ दिखाई दे जाते। कमरे की लम्बाई इतनी थी कि एक कोने से दूसरे कोने तक पहुँचते चूहों का आकार-प्रकार सब कुछ दिखाई दे जाता। ऊपर की छत ऐसी हो गयी थी जैसे कभी भी गिर सकती है। हर चरमराती दीवार के पीछे माँ की मज़बूत आँखें थीं जिन पर आज तक कोई नज़र नहीं डाल पाया था। उनके तीनों नालायक़ बेटे भी नहीं। जाने कितने सालों से माँ के जाने की प्रतीक्षा कर रहे थे। जितनी उनकी बेचैनी बढ़ती उतनी माँ की जीने की चाह बढ़ जाती।

तीनों भाई यदा-कदा माँ के घर जाते और ताने दे आते–"भाई तो रोज़ फ़ोन करता होगा। रोज़ बातें करता होगा।"

"सारी आशीषें तो भाई को दे ही दी होंगी। कुछ बच गयीं हो तो मुझे भी दे दो।"

माँ की आदत हो गयी थी यह सब सुनने की। किसी दिन कोई आकर बग़ैर ताना दिये चक्कर लगाकर जाता तो पोते-पोतियों से धीरे-से पूछती–"तेरे पापा की तबीयत तो ठीक है न!"

अगले दिन फिर कोई न कोई आता, ताना मारकर जाता तब माँ को लगता– "सब ठीक-ठाक है।" मझला, छोटा, मुन्ना सब के सब जैसे एक ही मिट्टी के बने थे। जिस दिन यह देखने की इच्छा से जाते कि माँ ने बिस्तर पकड़ लिया, उस दिन माँ के किचन से ख़ुशबू आ रही होती। कभी शुद्ध घी का हलवा बनाने की तो कभी आमपाक (आम की बर्फ़ी) की। खाने के शौक़ ने उन्हें ज़िन्दा रखा था शायद। या यों कहें कि खाने के शौक़ से माँ सक्रिय रहती और नब्बे साल की उम्र तक भी खूब मीठा खाकर, मीठी ही रहती।

आख़िरकार चली गयी। कब तक रुकती। बेटों के बालों की सफ़ेदी कहने लगी थी कि हम थक गये लेकिन यह माँ है, कभी नहीं थकती। आज भी अपनी रोटी ख़ुद बनाकर खाती है। घूमते-घामते पोते-पोतियाँ देख आते कि दादी क्या कर रही है। उनसे कुछ सूखे मेवे लेकर खा लेते। काजू-किशमिश खाने या ताज़ी मिठाई खाने की ललक दादी के घर के चक्कर लगवा लेते। समझ नहीं पाते कि दादी अकेली

क्यों रहती हैं। उन्हें तो दादी बहुत अच्छी लगती थीं। दादी भी उनसे उनके घर की सारी बातें उगलवा लेतीं–"तेरी मम्मी ने क्या कहा? फिर तेरे पापा ने क्या कहा, ज़्यादा लड़ाई तो नहीं हुई?"

"मिठाई खानी है कि नहीं। चल जल्दी से बता दे।"

बच्चे सब उगल देते। अपना पक्ष भी रख देते। जली रोटी खानी पड़ी, या फिर मम्मी-पापा दोनों ने बहुत डाँटा। माँ मुस्कुराती रहती। सीसीटीवी कैमरों के बग़ैर सबके घर की तस्वीर माँ के सामने होती। सब कुछ जानते-समझते ही माँ वसीयत बनाकर नहीं गयी थी। शायद जानती थी कि तीनों भाइयों के रहते ऐसे किसी काग़ज़ के टुकड़े का कोई महत्त्व नहीं। उनमें इतनी ताक़त थी कि माँ के हाथों से कुछ भी लिखवाकर कभी भी उसे प्रमाणित करवा लें।

सालों पुराने घर का सामान तो उनके आँखें मूँदते ही ग़ायब हो गया था। बचा था पुश्तैनी मकान। जिसकी क़ीमत करोड़ों में थी। चार बेटों, बहुओं, पोते-पोतियों सबके होते हुए सालों से माँ अकेली रह रही थी। आख़िरी में छोटे की शादी से उम्मीद थी कि वह टिकेगा माँ के पास। कुछ दिनों में वह भी बाहर निकल गया यह कहते हुए–"मैं तो अपने भाइयों का अनुकरण कर रहा हूँ।"

मेरे दिमाग़ से वह वसीयत जा ही नहीं रही थी जिसमें मैं कहीं नहीं था। अपनी माँ का बेटा तो था। शायद उन तीनों से अधिक था जो मेरे बाद आये थे माँ के पास। मेरी कुर्सी के ऊपरवाले शेल्फ़ में है माँ की तस्वीर। उस मुस्कुराहट के साथ जो मेरे हर काम से और चौड़ी हो जाती थी।

हम चार भाइयों के नाम क्रम के अनुसार ही पुकारे जाते घर में। बड़ा, मझला, छोटा और मुन्ना। बड़ा मैं था। सिर्फ़ उम्र में बड़ा नहीं था, हर जगह बड़ा था। घर की दीवारों में, माँ के नेह में और आगे आसमान की ऊँचाइयों को नापने तक में। माँ का क़द भी मैंने बड़ा किया था। माँ की हसरतों को बहुत ऊँचाइयाँ दी थीं मैंने। एयरपोर्ट से किराये की कार लेकर जब गाँव पहुँचता तो भीड़ लग जाती मेरे आसपास। एक रौनक-सी होती घर में। ऐसा लगता कि कोई जलसा है। विदेश से बेटा आया है। मेरे स्वागत में घर उत्सव मनाता। मिलने-जुलने वालों की होड़ लगी रहती। हर किसी को उपहार की लालसा होती।

माँ कहती–"थोड़ा-थोड़ा सबको दिया कर। कोई कभी ज़िले से बाहर नहीं गया और देख, तू विदेश से आया है। उम्मीद तो करते हैं न!"

"मेरे लिए कुछ मत लाया कर, पर इन सबको दिया कर।"

तीनों छोटे भाई ताना देते–"माँ का बड़ा बेटा आया है, अब देखना, क्या-क्या माल निकलेगा।"

"तू भी न, माँ, सबसे ज़्यादा उसको प्यार करती है जो चला जाता है तुझे छोड़कर।"

माँ के पास जवाब तैयार रहता–"तो तुम पहले आ जाते, तुम्हें ही करती। मैंने ही भेजा है उसे आगे बढ़ने के लिए। बाबू तो चले गये थे। तुम्हारा ध्यान भी तो उसी ने रखा। वही तो पढ़ता भी था, तुम सबको पढ़ाता भी था।"

"पढ़ाता नहीं था। इस बहाने सबको डण्डे मारने की आज़ादी मिल गयी थी उसे।"

मैं सब कुछ सुनता पर प्रतिवाद नहीं करता। अक्खड़पन से कितना भी टकराओ चोट ही लगती। माँ के इस अतिरिक्त प्यार का ख़ूब फ़ायदा उठाया मैंने। कभी माँ को साथ ले जाने की बात नहीं की। डरता था कि कहीं माँ ने हाँ कर दी तो! वहाँ रहेगी कैसे! मेरी इटालियन बीवी कैसे रहेगी उसके साथ! कैसे रहेगी उस माहौल में जहाँ आसपास वाले एक दूसरे को जानते भी नहीं! मन में यह धारणा बना ली थी कि माँ अपनी ज़मीन को कभी नहीं छोड़ेगी। किसी हाल में मैं उसे नहीं ले जाना चाहता था। वहाँ ले जाकर माँ का मन दुखाना नहीं चाहता था। अकेलेपन का बोझ उठाना उसके लिए आसान न होता।

यहाँ आता हूँ तो छोटी-छोटी बातें उसे कितनी ख़ुशी देती हैं। हरे चने के छोड़ भून कर दाने निकालकर देती थी। "पढ़ा-लिखा है, कहीं सूट-बूट ख़राब न हो जाये।"

भुट्टे के दाने भी निकालकर देती थी–"हाथ गन्दे मत कर।"

मेरे कपड़े धोने के लिए धोबन काकी को कभी नहीं देती; कहती–"क़ीमती कपड़े हैं। मैं हल्के हाथों से धोऊँगी।"

मेरे वे कपड़े धोते हुए शायद माँ को अपने नन्हे की याद आती होगी जिसके छोटे-छोटे कपड़े धोकर अपार सुख का अनुभव किया होगा। तब तो बाबू भी थे। एक हरा-भरा घर था। इधर माँ के पेट में एक के बाद एक बेटे आते रहे, उधर बाबू दूर होते रहे। बड़ी सन्तान को बड़ा मान मिलता ही है। फिर इसने तो सम्मान दिया है पूरे गाँव को। माँ का गर्वीला चेहरा जितना दमकता, उतना भाइयों का चेहरा बुझता रहता। धीरे-धीरे सबकी बहुएँ आयीं। माँ को दिये जाने वाले ताने अब तीन गुना और बढ़ गये थे।

याद है मुझे अच्छी तरह, एक बार जब मझले की बहू ने मिर्च ज़्यादा डाल दी थी। गले में अटक गयी थी। इधर मैं खाँस रहा था उधर माँ की जैसे जान निकल रही थी। किचन में जाकर डाँट रही थी–"इतनी मिर्च डालते हो। तुम्हें पता नहीं चलता कि उससे खायी नहीं जाती।"

"दूर से आता है तुम लोगों से मिलने के लिए। तुम ठीक से उसके लिए खाना भी नहीं बना पाते।" ऐसे तमाम लम्हे बड़े के लिए तो सम्मानजनक होते किन्तु तीनों भाई व उनकी पत्नियाँ कुढ़ती रहतीं।

"बड़े तो नाम के हैं। सँभालना तो इन्हें था, सँभाल हम रहे हैं। छोटे होकर भी अपना फ़र्ज़ अदा कर रहे हैं।"

"प्यार तो बहुत आता है बड़े बेटे पर। कर लो, आज हैं कल चले जायेंगे।"

ऐसी सैकड़ों कड़वी बातें मेरे जेहन में गूँजती रहीं। आज 'एक बटे तीन' के साथ उन सब बातों का बदला ले लिया गया। वह चौथा जो माँ के लिए पहला था, कहीं नहीं रहा था अब। माँ की सूरत याद आती कि अगर उनके रहते किसी ने मेरा हिस्सा ले लिया होता तो क्या हालत होती उसकी। जब भी दूध तपाकर मावा-मिठाई बनती तो मेरे हिस्से की ताले में रखी जाती क्योंकि मैं पढ़ाई-लिखाई में व्यस्त रहता।

बीते दिनों की इस जुगाली के चलते कई बार फ़ोन तक हाथ गया कि तीनों भाइयों से चीख़-चीख़कर पूछूँ–"मैं कहाँ हूँ इस बँटवारे में?" लेकिन हिम्मत जवाब दे जाती। ऊपर रखी माँ की तस्वीर दिखती जो कहती–"मैंने तो तुम्हें बहुत दिया, बेटा! पहली ममता तुम्हीं पर बरसी। तुमने ही तो मुझे मातृत्व सुख का अहसास कराया। मैं तो हूँ तुम्हारे साथ।"

"उन्हें पैसों की ज़रूरत है। वे पढ़े-लिखे नहीं।"

"नासमझ हैं। तुम अपनी समझ से बना लोगे पैसा।"

"वो तुम्हारे छोटे भाई हैं। बँटवारा तो तब रोज़ होता था जब तुम्हें ज़्यादा प्यार मिलता था। तब उन्होंने भी सवाल किये थे। न उन्हें जवाब दे पायी, न तुम्हें।"

"एक रत्ती भर, तोला या माशा, कुछ तो ज़्यादा था तुम्हारे लिए।"

माँ का वह हाथ जो बड़े बेटे के सिर पर पहले रखा जाता था। वह हाथ जो बड़े बेटे के विदेश गमन पर हज़ारों मील दूर से आशीर्वाद दे जाता था। वह हाथ जो बड़े बेटे के नाम से ही चेहरे की आभा को दोगुनी कर देता था। वही हाथ आज भी मेरे सिर पर है। उस हाथ के स्पर्श को मेरा बाल रहित गंजा सिर महसूस

करता है–"आज सभी भाई समान ख़ुश हैं तो तुम उनकी ख़ुशी में साथ दो। आज सबको अपना जायज़ हक़ मिल गया है।"

बँटवारा सम्पत्ति का हुआ था। मेरे पास जो बरसों से था, वह तो आज भी सुरक्षित है। मेरा हिस्सा, पूरा, एक बटे एक। मैंने ऊपर देखा, माँ की तस्वीर में आज उसके चेहरे पर कुछ ज़्यादा ही मुस्कुराहट थी।

# अम्मी और मम्मी

वे दोनों सातवीं कक्षा में मिली थीं। दोनों अपने-अपने देश से न्यूयॉर्क के इस फ़्लशिंग हाईस्कूल में आयी थीं। यहाँ आने के बाद दोनों अंग्रेज़ी से ही नहीं, बहुत सारे नये बदलावों से संघर्ष कर रही थीं। नयी धरती, नया माहौल, अजनबियों से घिरी दो अनजान लड़कियाँ! एक पाकिस्तान के लाहौर जैसे बड़े शहर से आयी थी तो दूसरी भारत के झाबुआ जैसे पिछड़े हुए आदिवासी इलाक़े से। एक इस कोने पर गुमसुम बैठी रहती तो एक दूसरे कोने पर।

एक दिन लंच के समय दोनों की नज़रें मिलीं। दोनों ने एक दूसरे के अकेलेपन को पहचाना। कक्षा में पसरा मौन टूटने के लिए लालायित हो उठा। दोस्ती की ललक बढ़ी; धीरे-धीरे चुप रहने को मजबूर तृपित का बोलना चालू हो गया। तहरीम तो वैसे भी कम ही बोलती थी। लाहौर शहर से ज़रूर आयी थी पर शहरी शोर से दूर रहने की आदी थी, अपने भीतर जीने वाली। इसके विपरीत तृपित, झाबुआ की झबरी बिल्ली जैसी तेज़-तर्राट। एक ख़ामोश और एक चुलबुली, दोनों की ऐसी जुगलबन्दी हुई कि वे एक-दूसरे की पूरक होती गयीं।

तहरीम और तृपित, त अक्षर का सिर्फ़ तुक्का ही लगा था वरना दोनों के व्यक्तित्व में ज़मीन-आसमान का फ़र्क़ था। तहरीम की चुप्पी और उसकी ख़ामोशी की सारी बातें तृपित के होठों पर होतीं। एक लड़की बस चुपचाप अपना काम करने वाली तो दूसरी काम करने वालों को हँसा-हँसाकर लोटपोट करने वाली। तहरीम से उसकी गम्भीरता ले लेती तृपित और अपना चुलबुलापन दे देती जो उसकी होंठों की मुस्कान में गहरे तक दिखाई देता।

गुमसुम व बकबकी, इन दो लड़कियों की जड़ों को खँगालने पर जो कुछ निकला, वह और भी चौंका देने वाला था। भारत-पाकिस्तान जैसे नामों के साथ झाबुआ व लाहौर जुड़ा था। एक भीलों के इलाक़े से और दूसरी पठानों के ख़ानदान

से थी। दोनों ही शब्द अव्वल दर्जे के लोहे जैसे मज़बूत पर इन दोनों लड़कियों को भला इन शब्दों की गहराई से क्या लेना-देना था। तेरा तुझको मुबारक, लाहौर का लाहौर को और झाबुआ का झाबुआ को। क्योंकि अब न तो लाहौर में हैं, न ही झाबुआ में हैं– "अब तो हम न्यूयॉर्क में हैं।" छोड़ आये वे गलियाँ, नयी गलियों में, नये मोड़ से नयी मंज़िलें तलाश करते अब दो दोस्त थे–बस।

धीरे-धीरे एक साथ बैठना, एक साथ रहना बढ़ता रहा। एक हिन्दी बोलती थी दूसरी उर्दू, पर दोनों को इनमें कभी कोई फ़र्क़ नहीं लगा। दोनों को लगता कि इन भाषाओं के सिर्फ़ नाम अलग हैं। बिल्कुल एक जैसी तो हैं दोनों भाषाएँ।

न इसे उर्दू लिखना पसन्द है, न उसे हिन्दी लिखना। हिन्दी-उर्दू लिखने से पीछा छूटा, इस बात से दोनों ही ख़ुश थीं पर अब यहाँ अंग्रेज़ी से पंगा लेना पड़ रहा था, रोज़ माथा फोड़ रहे थे। ईएसएल यानी इंगलिश एज़ ए सेकंड लैंग्वेज की कक्षाओं में जाना यहाँ के होशियार बच्चों की निगाहों में बहुत अपमानजनक था पर करते क्या, मजबूरी थी।

पहले दिन ही कक्षा में टीचर ने जो गिटपिट की, वह दोनों की समझ में न आया। उनके सपाट चेहरे देखकर तत्काल उन्हें ईएसएल की कक्षाओं में भेज दिया गया। दो अपमानित इन्सान एक दूसरे का सम्मान बने। किसी को बताने या समझाने का समय ही नहीं मिला कि वे दोनों एबीसीडी तो जानते हैं, अंग्रेज़ी लिख भी सकते हैं पर यह जो गिटपिट होती है, वह उनकी समझ से परे है। इतनी तेज़ी से कोई कैसे अंग्रेज़ी बोल सकता है!

वे दोनों तो पहले उर्दू-हिन्दी में सोचते, तौलते, फिर बोलते, तब तक तो वह धीमी गति का समाचार बुलेटिन हो जाता। आपस में बात करते हुए, सोच-सोचकर चुपचाप अंग्रेज़ी बोलने की कोशिश में कब बीच-बीच में हिन्दी-उर्दू बोलने लग जाते, पता ही न चलता।

लंच ब्रेक में साथ खाना खाते हुए ऐसी जगह पर बैठते जहाँ अपने-अपने पराँठों को छुपाने की ज़रूरत न पड़े। ईएसएल से तो किरकिरी हुई ही थी, ऊपर से उनका खाना देखकर यह किरकिरी और बढ़ जाती। तहरीम की अम्मी हिन्दी फ़िल्मों की दीवानी थीं। उन्होंने उसे लाहौर में हिन्दी फ़िल्मों के कई गानों पर डांस करना सिखाया था। वे चन्द गाने जब तब उसकी ज़ुबान पर चले आते तो तृपित भी सुर में सुर मिला देती।

हिन्दी फ़िल्मों के गानों के साथ दोनों जो राग तानते, उससे एक तीसरी ही भाषा का जन्म होता; उनकी दोस्ती की भाषा, जो चाहे अनचाहे ही उनकी समीपता का कारण बनती। सब कुछ मानो किसी नाप-तौल से चालित था। रिश्तों की मज़बूती में यह नाप-तौल होती ही है। चाहे कोई तराज़ू पर तौले न तौले, गिने या न गिने पर पलड़ा लगातार ऊँचा-नीचा होता ही रहता है। उन दोनों का पलड़ा समान तो न होता पर थोड़ा ऊपर-नीचे होता, ढुलमुल करता फिर से बराबर हो जाता।

यह कहती–"कोई बात नहीं"

वह कहती–"कोई मसला नहीं"

तृपित को उसके टीचर टपित बोलते तो तहरीम ने उसे टप्पू बना दिया।

"अरे टप्पू, मसला का मतलब मामला होता है, बात होती है।"

"जो भी मतलब होता है, कोई मसला नहीं है।"

और एक मासूम-सी निश्छल हँसी में खो जाते दोनों। पढ़ने से उन दोनों लड़कियों का सरोकार कम ही था। अधिकतर समय मस्ती में ही कटता, कक्षा के दौरान जैसे-तैसे समय काटते। कक्षाओं की ज़रूरतें बस बैठने तक थीं, उसके बाद तो नयी-नयी शैतानियाँ करते। कभी इसके घर, कभी उसके घर, आने-जाने का सिलसिला थामे न थमता।

उसकी अम्मी थीं, इसकी मम्मी थीं। दोनों पास्ता में जीरे का तड़का शुद्ध घी से लगाती थीं। पिज्जा को हरी चटनी से खाती थीं। और तो और कटोरे में भरे सूप को रोटी से डूबो-डूबोकर खाती थीं। दोनों नमाज़ और पूजा करते समय जीन्स-शर्ट पर दुपट्टा डाल लेतीं। एक चिकन, बिरयानी जैसे पकवान बनाती तो दूसरी हलवा-पूरी-छोले में मगन रहती।

इन दोनों की बिल्डिंग भी आसपास ही थी। किसी ने पता नहीं किया कि तहरीम कहाँ से है, या फिर तृपित कहाँ से है। तहरीम के घर वालों ने सोचा होगा पाकिस्तान में ही कहीं से होगी और तृपित के घर वालों ने सोचा होगा कि भारत में ही कहीं से होगी। हो सकता है न भी सोचा हो। यह पता करने का समय भी किसके पास था कि कौन कहाँ से है। घर का हर सदस्य तो नये देश में अपनी जड़ें जमाने की जुगत में लगा था, पहले रोज़ी-रोटी फिर कोई बात दूजी। घर के बच्चे अंग्रेज़ी से निपटते नये माहौल में भी तरह-तरह के नये चेहरों को अपने आसपास देखने की आदत डाल रहे थे।

कुछ ही समय में वे दोनों एक दाँत से रोटी काटने वाली मित्रता के घेरे में थे। घर आना-जाना, खाना-पीना सब कुछ, कभी इस घर तो कभी उस घर होने लगा।

तृपित के साथ दादी भी थीं। दादा को गये तो एक ज़माना हो गया था। जब दोनों स्कूल से घर आतीं तो उन्हें खाना परोसने के लिए दादी ही होतीं। एक दिन बातों-बातों में दादी को पता लग गया कि तहरीम मुसलमान है। मन को धक्का लगा। इस शब्द से ही उन्हें बेहद नफ़रत थी। यह शब्द बोलना और सुनना भी मानो अपराध हो! लेकिन इस बच्ची की नज़ाकत भली लगती थी दादी को। सोचा, चलो ठीक है। मुसलमान है तो क्या उत्तर प्रदेश में लखनऊ के आसपास की होगी। मध्य प्रदेश और उत्तर प्रदेश तो जाने-पहचाने हैं एक दूसरे के। इतनी अदब से बोलती है कि लखनवी अन्दाज़ झलकता है।

"तहरीम बेटा कहाँ से हो, लखनऊ से हो या उसके आसपास से?"

तहरीम का जवाब सुनकर तो उनका मुँह खुला का खुला रह गया। हाथ से पानी का गिलास छूट गया। काँच के बिखरे टुकड़ों में अपने छोटे बेटे का चेहरा झलकने लगा। हर किरची की चुभन सीधे उनके दिल पर हमला कर रही थी। दादी की प्रतिक्रिया से बेखबर दोनों लड़कियाँ किसी बात पर ठहाके लगा रही थीं, उधर दादी बड़बड़ा रही थीं–"करेला तो है पर ऊपर से नीम चढ़ा भी है। यानी अपने भारतवाले मुसलमान नहीं बल्कि पाकिस्तान वाले मुसलमान हैं।"

उस दिन घर में तूफ़ान आना ही था। शुक्र था कि दादी ने तहरीम के जाने तक इंतजार कर लिया वरना न जाने क्या बीतती उस बच्ची के दिल पर। तहरीम के वापस जाते ही दादी ने घर सिर पर उठा लिया। तृपित की मम्मी भी काम से लौटकर उसी समय घर पहुँची थीं। बस फिर क्या था!

"तौबा-तौबा, ये हमारे दुश्मनों से दोस्ती करके बैठी है। सँभाल इसे। अपना धर्म भ्रष्ट कर लेगी। वो छोरी पाकिस्तान की है।"

"क़ातिलों से दोस्ती कौन करता है?"

"ये वे लोग हैं जिन्होंने मेरे बेटे की जान ली है, हत्यारे हैं।"

"माँस-मट्टी तो खाते ही होंगे, ऐसे घर में आती-जाती है यह छोरी!"

"तूने देखा है, हमारे पाकिस्तान से रिश्ते कभी ठीक नहीं होने देते ये हत्यारे!"

मम्मी हक्का-बक्का थीं पर दादी को शान्त करना ज़रूरी था। अमेरिका में ऐसे अलगाववादी विचार लेकर रहेंगे कैसे! अभी तो आये हैं और ठीक से सेटल भी नहीं हुए। दादी के इस वैमनस्य को यहीं दबाना ज़रूरी था।

"यहाँ सबका धर्म अलग है, माँ जी, सब माँस-मट्टी खाते हैं। किस-किस से दूर रहेगी यह?"

"किसी से दूर रहे, न रहे, इन पाकिस्तानियों से दूर रहे बस!"

"देख तिप्पी, तू वहाँ से आये तो नहा लिया कर। और सुन, उनके फ्रिज का कुछ भी नहीं खाना तू। वहाँ, ज़्यादा रहना भी मत। इनका कोई भरोसा नहीं है, मार-काटकर हाथ भी नहीं धोते ये लोग।"

और भी बहुत कुछ कहती रहीं दादी, न जाने क्या-क्या! इस ग़ुस्से में, इस उम्र में, इस अनजान देश में बसने की उनकी भड़ास भी शामिल थी शायद। मम्मी ने तृपित को अपने कमरे में जाने का इशारा किया। उसके लिए दादी की इस नफ़रत को समझना मुश्किल था। समझ भी कैसे पाती। चाचा की मौत के समय तो वह बहुत छोटी थी और आज से पहले ऐसी किसी भी बात का ज़िक्र उसके सामने हुआ भी नहीं था।

वह तो आज में जी रही थी। स्कूल से घर तक आने-जाने का वह समय दिन का सबसे अच्छा समय होता था जब दोनों एक-दूसरे की छाया बने रहते थे। दोनों घरों का माहौल लगभग एक जैसा ही था। सोफ़े पर बिछे कसीदे-वाले सोफ़ा कवर तक एक सरीखे थे। घर में घुसते ही जो गन्ध मिलती, वह भी लगभग एक जैसी ही होती। किचन से सिंकती हुई रोटी की ख़ुशबू आती तो लगता, यह भी अपने घर जैसा ही एक घर है।

दादी की इस चीख़-पुकार का उन पर कोई ख़ास असर नहीं हुआ। अम्मी व मम्मी दोनों अपनी-अपनी बेटियों के साथ उसकी दोस्त को भी प्यार करती थीं। दोनों की एक जैसी तो शकलें थीं। लम्बे बाल और मटकती आँखें। अम्मी बाहर काम नहीं करती थीं, इसलिए हमेशा घर पर ही मिलतीं। स्कूल से लौटकर तहरीम के घर जाते तो अम्मी तृपित को भी बहुत प्यार करतीं।

मम्मी दिन भर काम करके घर लौटतीं तो तृपित से तहरीम के बारे में ज़रूर पूछतीं। तहरीम और तृपित का साथ उन्हें सुकून देता था। जब से तहरीम से उसकी दोस्ती हुई थी, पुरानी तृपित लौट आयी थी। उसकी चंचलता और नटखटपन, जो यहाँ आने के बाद ग़ायब हो चला था, अब लौट आया था। बहुत राहत मिली थी कि अब तृपित स्कूल से परेशान नहीं है।

मम्मी को पाकिस्तानी आम और वहाँ के बारीक कशीदाकारी के कपड़े बहुत अच्छे लगते थे। गदराये-मीठे सिन्ध्री और चौसा आम हर सप्ताह घर पर आते थे और ख़ूब मज़े से खाये जाते थे। मम्मी ने दादी को कभी नहीं बताया कि ये पाकिस्तानी आम हैं वरना वे कभी छूती भी नहीं। दादी चटखारे लेकर खातीं और

कहतीं–"हमारे देश में कभी न खाये ऐसे आम। मुए सब अच्छी चीज़ें निर्यात कर देते हैं।"

मम्मी मुस्कुरा देतीं। जानती थीं कि पाकिस्तान के लिए दादी के मन में जो नफ़रत थी, वह चाचा के जाने के बाद अमिट हो गयी थी। सीमा पर जिस वहशियाना ढंग से उनकी मौत हुई थी, उसके लिए वे आज भी हर पाकिस्तानी को ज़िम्मेदार मानती थीं। जिस दिन झाबुआ से किसी पहले व्यक्ति की फ़ौज में भरती हुई थी, वह उनके जीवन का सबसे अच्छा दिन था। वह भी उनके अपने लाड़ले छोटे बेटे का। गर्व से अपने रिश्तेदारों को वहाँ की बातें बताती रहतीं।

अभी अपने छोटे के लिए लड़की ढूँढ़ ही रही थीं कि उसकी पोस्टिंग सीमा पर हुई और फिर एक दिन वह हाहाकार मचाती ख़बर आयी थी। दुश्मनों का सामना करते उनका बेटा शहीद हो गया। लाश भी नहीं मिली उसकी। माँ का कलेजा पत्थर का हो गया था। कई दिनों के मौन के बाद जैसे ही पाकिस्तान का नाम सुनतीं, गालियाँ शुरू हो जातीं–नासपीटे, हत्यारे।

दोनों बच्चियों की दोस्ती को ग्रहण तो उसी दिन लग गया था जब तहरीम के पाकिस्तान से होने की बात सबको पता चली थी। अब दोनों देशों के बीच तनाव लगातार बढ़ रहा था। नफ़रत और ज़्यादा फैल रही थी। हर रोज़ नयी समस्या खड़ी हो जाती थी। भारत ने सर्जिकल स्ट्राइक की। पाकिस्तान ने ग़ुस्से में एयर स्पेस बन्द कर दिया। किराया डबल हो गया था। दादी बहुत कोसतीं–"ये करमजले, आकाश का रास्ता बन्द कर दिये हैं, अरे मुसाफ़िरों की जेबें ख़ाली कर रहे हैं। मिल क्या रहा है इनको? धरती पर क़ब्ज़ा किया तो किया अब आकाश पर भी कर रहे हैं।"

डबल किराये की वजह से उनका भारत जाने का जो मन बन रहा था, वह वहीं टूट गया। भारतवाले तो दौड़-दौड़कर अपने देश जाते थे जब कि पाकिस्तानवालों के लिए डर था कि एक बार जो गये तो अमेरिका की सरकार वापस घुसने नहीं देगी। हाँ, तहरीम के मामूजान ज़रूर आ जाते थे सरकारी दौरे पर, और साथ में लाते थे बहुत सारे कपड़े। बहुत मन से पहनती थी तहरीम और कई बार तृपित के लिए भी लेकर आती कि वह भी पहनकर देखे। शरारावाला सूट तो उसकी जान ही था।

इन सब बन्दिशों से तहरीम और उसके परिवार को कोई फ़र्क़ नहीं पड़ा। हाँ अगर कोई फ़र्क़ पड़ा तो वह सिर्फ़ इतना कि मामू का आना लगभग बन्द-सा हो गया। हर बार मामू जब मिलने आते थे तो ढेर सारे तोहफ़े लाते थे। वह सब कम होता गया।

जिस उम्र में अमेरिका में इन दोनों की परवरिश हो रही थी, उसमें दोनों बच्चियों को अपने देशों से अब कोई ख़ास लगाव नहीं रह गया था। नये देश में नये माहौल को अपनाना एक बार शुरू किया तो पीछे मुड़कर देखने का तो कोई सवाल ही नहीं था। पर हाँ, यहाँ के अपने घर की बातें होतीं। अम्मी ध्यान रखतीं, ईद पर सिवैयाँ जरूर भेजतीं। मम्मी भी दीवाली पर मिठाई भेज देतीं। इस तरह दोनों माँएँ अपनी-अपनी बच्चियों की ख़ुशियों का ध्यान रख लेतीं ।

दादी को पता लगता कि ये तहरीम की अम्मी ने भेजा है तो सीधे कूड़ेदान में फेंक देतीं। बेटे की शहादत का वह दर्द गाहे-ब-गाहे तहरीम को देखकर ऐसा उमड़ता कि बस थामे न थमता। उस लड़की का चेहरा देखते ही अपने शहीद हुए बेटे की याद आ जाती। एक अनजाना-सा खौफ़ था उनके मन में कि कहीं उनकी तिप्पी को ये लोग कुछ कर न दें।

दादी की नफ़रत से बेख़बर ये दोनों लड़कियाँ आपस में जितनी बातें करती शायद उतनी बातें कोई न करता। वहाँ देश और देशों की सीमाएँ न होतीं। वहाँ तो होता प्यार जो उन दोनों के रिश्ते में था। कुल मिलाकर दो देशों की मिली-जुली संस्कृतियों की वाहक थीं वे दोनों।

अम्मी के अ को म में बदलकर मम्मी कहना तहरीम को अच्छा लगता, वहीं तृपित को अम्मी कहना भाता। अम्मी जब सलामवालेकुम बोलकर उसके माथे पर हाथ फेरतीं तो उनके बालों से वही महक आती जो मम्मी के बालों से आती थी, जिन्हें पकड़कर वह दूध पीती और गहरी नींद सो जाया करती थी।

यहाँ बच्चियाँ माँओं की ख़ुशबू में खोतीं, वहाँ सरहदों पर बारूद का धुँआ अपनी गन्ध फैलाता गहराता, और गहराता-जाता। बहुत कुछ हो रहा था। सर्जिकल स्ट्राइक के बाद तेज़ गोलाबारी और नेताओं के बयानों की गर्मी से झुलस रही थी मानवीयता।

यूएन में हल्ला, टीवीवालों का चिल्ला-चिल्लाकर एक-दूसरे को आघात देना कम नहीं हुआ था कि तभी कैप्टन अभिनंदन को पाकिस्तान में पकड़ लिया गया। अब तो हदें पार थीं, दोनों लड़कियों के घरवालों ने कड़ा क़दम उठाया। तृपित और तहरीम दोनों की बातचीत बन्द करा दी गई। सख्त आदेश दे दिये गये कि अपने काम से काम रखो, सीधे स्कूल से घर और घर से स्कूल जाओ। बात करते देख लिया तो तुम्हारी ख़ैर नहीं।

हालात ही कुछ ऐसे थे। कभी भी जंग छिड़ सकती थी। जंग तो जंग है। चाहे वह सीमा पर हो, उसका असर तो देश से जुड़े हर बन्दे पर होता है, भले ही वह दुनिया के किसी भी कोने में रह रहा हो। लड़कियों की बुरी हालत थी। कक्षा में बस एक-दूसरे को देखतीं, बात न कर पातीं। ख़ाली-ख़ाली निगाहों से देखना ऐसा होता था मानो दोनों किसी काले पानी की सज़ा भुगत रही हों। न भूख लगती थी, न प्यास। कुछ यूँ गुमसुम हो गयी थीं गोया मन के मीत को उनसे छीन लिया गया हो। उनकी इस चुप्पी को अम्मी और मम्मी अच्छी तरह समझती थीं। कोई हल नहीं ढूँढ़ पा रही थीं सिवाय इसके कि भारत पाकिस्तान दोनों देशों के सम्बन्धों की तीखी आग पर कहीं से थोड़ा-सा ठण्डा पानी पड़ जाये, बस!

घरों में तनाव बढ़ रहा था। इन देशों के बाहर भी, जहाँ-जहाँ भारत-पाकिस्तान के लोग थे, सारे टीवी से चिपके हुए रहते। जब कैप्टन अभिनन्दन पाकिस्तान की सीमा से बाहर आ रहे थे तब सबसे ज़्यादा ख़ुशी अगर किसी को थी तो वह थी मम्मी। उनकी अपनी बेटी की दोस्ती के लिए ख़ुश थीं वे। अभिनन्दन का आना मानों उनकी बच्ची की तहरीम से दोस्ती को आगे बढ़ाना था।

इस वापसी के कारण आग पर ठण्डे पानी के कुछ छींटे तो पड़ ही गये थे। हालाँकि दादी ने अभी तक हार नहीं मानी थी। तहरीम से दोस्ती को ख़त्म करने के लिए पीछे पड़ी रहतीं। कहानियाँ सुनाती रहतीं–"इन लोगों ने हमारे साथ ये किया, वो किया।"

तृपित समझ ही नहीं पाती कि इन सब में तहरीम का क्या दोष है। वह क्या करे, वह तो तहरीम के लिए जान भी दे सकती है। मम्मी समझती थीं कि तृपित के मन में क्या चल रहा है। कैसे समझा पातीं कि तहरीम और तृपित के बीच, अम्मी और मम्मी के बीच, हिन्दी-उर्दू का फ़र्क़ ही नहीं बल्कि दो देशों का फ़र्क़ है, दो देशों की नफ़रतों का फ़र्क़ है। एक माँ के दो बेटों का फ़र्क़ है, जो लड़-लड़कर एक-दूसरे की जान के दुश्मन हो गये थे।

हालाँकि वे अब यहाँ तीसरे देश में थे जो किसी का नहीं था पर सारे देशों का था। एक-एक करके अलग करें तो दुनिया के सारे देश एक स्कूल में मिल जायें। अलग-अलग देशों के इस स्थान को भारत और पाकिस्तान की लड़ाइयाँ हों या इज़राइल-फ़िलीस्तीन की, कुछ फ़र्क़ नहीं पड़ता था। सब अपने-अपने मनमुटावों को परे हटाकर मिल-जुल कर रहने की कोशिश करते थे। अड़ोसी-पड़ोसी भले ही एक दूसरे को न जानें मगर कभी किसी के लिए अपमान के भाव नहीं आते। सब अपने-अपने रास्ते बनाते और चलते रहते।

आज फिर से वह दिन आ गया जब नफ़रतों की नदियाँ बहने लगी थीं। सीमा पर तनाव था। चाचा जी की मौत का मंज़र फिर से ताज़ा हो रहा था। शहीद हुए सारे सैनिकों की लाशें लायी जा रही थीं। उन सबकी भावनाओं से खेलते हुए जो इस लड़ाई में दूर-दूर तक साथ नहीं थे। बच्चियाँ सहमी-डरी रहतीं। उनकी दोस्ती पर एक बार फिर से कड़े पहरे-से लग गये थे।

और तभी एक बड़ा हादसा हुआ। न्यूयॉर्क शहर के फ्लशिंग हाईस्कूल में किसी मनचले ने गोलियाँ बरसायी थीं। ख़बर हवा की तरह फैल गयी। कई पालक स्कूल तक दौड़ गये। अफ़रा-तफ़री मची हुई थी कि एक बम विस्फोट हुआ। लेकिन तब तक स्कूल ख़ाली हो चुका था। पुलिस के सख़्त पहरे लगे थे। अपने बच्चों को खोजने की इजाज़त सिर्फ़ माता-पिता को मिल रही थी।

दौड़ते हुए जब मम्मी वहाँ पहुँचीं तो सामने धुआँ था। इतना तेज़ कि सब खाँस-खाँसकर दोहरे हो रहे थे, फिर भी अपने अपनों को ढूँढ़ रहे थे। कहीं से तृपित दिख जाये बस, उसके मिलने की आशा में बौखलायी-सी थीं वे, नज़रें ढूँढ़ रही थीं बिटिया की एक झलक। उसके पापा भी दादी को लेकर आ गये थे। कहीं से कहीं तक कोई आसार नहीं दिखे कि सब कुछ ठीक है। जिधर देखते निराशा ही हाथ लगती। दिल में एक अनजाना भय था जो बच्ची की सलामती पर प्रश्न खड़े कर रहा था।

कई अन्य माता-पिता भी अपने बच्चे को पुकारते हुए बौखलाये-से इधर-उधर दौड़ रहे थे। लगभग आधे घण्टे तक इधर-उधर खोजते रहे वे तीनों प्राणी। आख़िर हारकर दादी और तृपित की मम्मी ज़ोर-ज़ोर से बिलखने लगीं, रुदन फूट पड़ा, पापा की आँखों से बेबसी के आँसू बहने लगे। दादी चीख़-चीख़कर रो रही थीं इतनी ज़ोर से कि बम फोड़ने वाले के कानों तक आवाज़ पहुँचे कि आख़िर इन मासूम निर्दोष बच्चों ने उनका क्या बिगाड़ा है।

दादी की तेज़ रोने की आवाज़ों में एक ही रट थी–"मैं जानती हूँ, ये बम मेरे बच्चे के हत्यारों ने ही फोड़ा होगा। ख़ून के प्यासे हैं ये लोग, मेरी पोती को भी मारना चाहते हैं ये अब।" कोलाहल में सिवाय आँसू बहाने के किसी को कुछ समझ नहीं आ रहा था। इस समय कुछ करने में कोई सक्षम भी नहीं था।

धुआँ, पुलिस का सायरन और लोगों का रुदन! यह उन काले दिनों में से एक था जब नफ़रत की आग हँसते-खेलते लोगों के संसार को अपनी आग में झुलसा चुकी थी। तभी सामने से कुछ आवाज़ें आयीं। धुएँ के बादलों के छँटते ही कुछ दृश्य साफ़ हुए। पुलिस की बंदूक़ों के संरक्षण के साये में कुछ लोग बाहर आ रहे थे।

उन आते हुए लोगों की भीड़ में तहरीम की अम्मी दिखीं जिनके एक ओर तृपित व दूसरी ओर तहरीम थी। उस धुएँ में न ज़मीन दिखती थी न आसमान, बस धुँधलका था, साये थे और बेटियों के सर पर माँ का हाथ था। दोनों उनसे सटकर सहमी-सी चली आ रही थीं।

वह एक ऐसा पल था जिसमें न कोई भारतीय था न कोई पाकिस्तानी, सिर्फ़ दहशत थी और घबराये हुए लोग थे। एक माँ थी, जिसका सम्बन्ध न किसी देश से था, न सरहद से। वह सिर्फ़ और सिर्फ़ बच्चों की माँ थी। अगल-बग़ल तृपित और तहरीम थीं और उनके सिर पर अम्मी का हाथ था।

मण्टो साहब के 'टोबा टेकसिंह' का वह दृश्य मानो एक बार फिर जीवन्त हो उठा था, जहाँ ज़मीन के उस टुकड़े पर किसी देश का नाम नहीं था। ठीक उसी तरह यहाँ अम्मी के वे हाथ थे, जो न भारत के थे, न पाकिस्तान के। ये एक माँ के हाथ थे, माँ जो बच्चों की जननी होती है!

अपनी बच्चियों की सलामती देख आज पहली बार अम्मी और मम्मी एक दूसरे के गले लगकर बिलख रही थीं। सामने खड़ी दादी की आँखों में भी आँसू थे, जो शायद उनकी नफ़रत को धोने का भरसक प्रयास कर रहे थे।

# घुसपैठ

घर में हर तरह का ऐशो-आराम था! छोटा-सा सुखी परिवार। सुख के इन्हीं दो अक्षरों में बहुत कुछ और भी छुपा था। वह सब कुछ जो कभी किसी को सन्तुष्ट नहीं कर पाता। इतना लालची है यह शब्द कि बस मुँह फैलाये खड़ा रहता है सामने, और... और...की रट लगाये। बेचारा आदमी लगा रहता है इस 'और' के हर 'और' को पूरा करने में जब कि 'और' की कोई सीमा ही नहीं होती। ये एक के बाद एक कुछ यूँ आते रहते हैं मानों एक-दूसरे का अनुसरण कर रहे हों। यह अनवरत सिलसिला कभी रुकता नहीं।

कोई परिवार सुखी दिख ज़रूर सकता है, पर वह वाक़ई सुखी है या नहीं, यह प्रश्नवाचक चिन्ह हमेशा लगा रहता है। उस परिवार में भी यही हो रहा था। पति, पत्नी और वो, तीन प्राणी थे। एक माँ, एक बेटी और एक दामाद। दामाद के लिए अपनी सास 'वो' थी, और सास के लिए दामाद 'वो' था। बिटिया रेने उन दोनों के 'वो' के चक्कर में कभी इधर तो कभी उधर शटल कॉक बनी रहती।

कहने-करने को तो बहुत कुछ था घर में, पर जो नहीं था, वह बस नहीं था। ऐसा ही कुछ था रुबिन, रेने और मार्शलीन के बीच। तीनों अलग-अलग व्यक्तित्व के धनी। एक घर में एक-दूसरे से टकराते रहते। मार्शलीन की बेटी रेने और दामाद रुबिन। तीन खाने वाले और तीन कमाने वाले। पैसा तीन ओर से आता था तो ख़ुशियाँ भी तीन ओर से आ सकती थीं। लेकिन इन तीनों ओर से आती थी सिर्फ़ चिड़चिड़ाहट और एक-दूसरे की नुक्ताचीनी।

राई जैसी छोटी-छोटी बातें देखते ही देखते पहाड़ में बदल जातीं और उनसे टकराता रहता तीनों का अहं। तीन मज़बूत व्यक्तित्वों की टकराहट के चलते घर की चहारदीवारी के भीतर शान्ति ही ख़तरे में पड़ गयी थी।

कौन, किस समय, क्या करता है, इसका उतना महत्त्व नहीं था जितना इस बात

का था कि कौन कितना 'और' करता है। दामाद रुबिन को उसकी सास 'पैकेज डील' में मिली थी। जहाँ एक के साथ दूसरा मुफ़्त में मिलता है। लेना चाहे, या न चाहे, लेने वाले के पास चयन का कोई अधिकार नहीं था। शादी की पहली और आख़िरी शर्त यही थी क्योंकि इकलौती बेटी रेने के अलावा मार्शलीन का इस दुनिया में कोई नहीं था।

उस समय तो प्यार की सुगबुगाहट कुछ ऐसी थी कि सब कुछ मंज़ूर था रुबिन को, यहाँ तक कि आकाश के तारे तोड़ना भी। फिर यह तो एक बहुत ही छोटी-सी बात थी उन दिनों। ये सोचकर बहुत अच्छा लगा था कि घर पर कोई होगा जो हरदम घर का, रेने का ध्यान रखेगा।

शुरुआती दिनों में कुछ समय तक सब ठीक-ठाक रहा, पर कुछ अरसे बाद, कहीं न कहीं रेने और मार्शलीन की जुगलबन्दी रुबिन को खलने लगी थी। उसे लगता था कि वह इन दोनों पाटों के बीच पिसकर रह गया है। मार्शलीन अपना कहा मनवा ही लेती थी। उसके बड़े होने का वह बड़प्पन छोटों के आड़े आ जाता। रेने को माँ की बात मानने की आदत सालों से थी। उसके लिये यह सब नया नहीं था। दिक़्क़त तो रुबिन के सामने थी। वह तो इस परंपरा में अभी-अभी शामिल हुआ था। उसके लिए हाँ में हाँ मिलाना आवश्यक था।

'हाँ जी', और 'जी हाँ' में सिर हिलाना कुछ दिनों तक अच्छा लगा, फिर धीरे-धीरे सिर हिलने में समय लगने लगा। कई बार तो हिलता भी नहीं। माँ की नहीं सुनी तो बेटी आकर दबाव बनाती, और तब वह असहाय महसूस करता। ऐसा लगता मानो वह किसी घोड़े में तब्दील हो गया हो जिसकी लगाम माँ-बेटी हमेशा खींचती रहती थीं। हिनहिनाता घोड़ा धीरे-धीरे बग़ावत करने लगा।

खेल शुरू तो पहले ही हो चुका था पर उस दिन से बिगड़ने लगा जब किचन में उसकी पसन्द की कोई चीज़ बनी, जिसे वह और खाना चाहता था। अचानक उसे कड़कती आवाज़ में रोक दिया गया–"बस करो, अपनी ओर देखो।"

उसने अपनी ओर देखा, यह उसके 'खाते-पीते घर' वाली सेहत का मज़ाक़ था। चुभा तो सही पर रेने को कुछ इस तरह देखा उसने मानो कह रहा हो–"कम से कम मेरी खाने की आज़ादी तो न छीनी जाये।"

रेने बोली तो सही मगर एक़दम विपरीत–"हाँ बिल्कुल, कितना भी अच्छा बना हो खाना, आदमी को अपना पेट देखना चाहिए।"

"लेकिन मैं इतना मोटा नहीं कि मेरा खाना बन्द कर दिया जाये।"

"कैसी बात करते हो, रुबिन, बन्द कौन कर रहा है तुम्हारा खाना, पर देखकर खाओ; अभी ध्यान नहीं दोगे तो हो जाओगे मोटे।"

उसे अच्छा नहीं लगा यूँ खाने पर टोक देना। और कहीं टोका जाना तो वह जैसे-तैसे निबाह रहा था पर खाने पर इस तरह रोक देना, उसे अपना अपमान लगा। अपने घर में, अपने खाने की मेज़ पर खाने पर पाबन्दी थी। जिस घर में मन से पसन्द का खाना न खा पाये इन्सान, वह भला घर कैसे हुआ? अपने जीवन में अगर कुछ अच्छा चाहता था तो वह था स्वादिष्ट खाना। फिर चाहे उससे कितना ही काम क्यों न करवा लिया जाये।

उस समय बग़ैर खाये, बग़ैर कुछ कहे उठ गया था वह। मार्शलीन और रेने दोनों को अहसास हो गया था कि रुबिन का इस तरह उठना सामान्य उठना नहीं है। इसमें ग़ुस्सा है, गुस्से के साथ और भी बहुत कुछ है। मार्शलीन को रेने का सपोर्ट मिला था, वह ख़ुश थी कि बेटी समझती है उसकी बात को। रेने को कुछ खटका तो था कि यह अच्छा नहीं हुआ पर उसने भी यह सोचकर ध्यान न दिया कि मना लेगी रुबिन को। शिकायतों का पुलिन्दा लिए तो वह भी घूम ही रही थी।

एक कुरसी भी नहीं खिसकाता। कभी एक गिलास तक उठाकर यहाँ से वहाँ नहीं रखता।

वह भी काम करके आती है पर घर आकर भी क्या-क्या नहीं करती।

माँ भी काम से लौटकर किचन सँभालती है।

एक रुबिन ही है जो आकर सोफ़े पर पसर जाता है, खर्राटे भरने के लिए। अपनी व माँ की व्यस्तता देखकर रेने को कभी नहीं लगा था कि रुबिन को बुरा लगेगा या वह चोट खाया महसूस करेगा। हालाँकि यह बात और थी कि रुबिन बाहर स्नो साफ़ करके आता, वह किसी को दिखाई न देता पर चाय पीने के बाद उसका चाय का कप वहाँ रह जाता तो उस पर बवाल मच जाता।

गर्म दोपहर में घास काटकर आता, वह भी किसी को न दिखता पर कहीं मशीन बाहर छूट जाती तो कोर्ट में पेशी हो जाती। शनि-रवि के दिन गैराज में घण्टों खड़े होकर उसका गाड़ियों की मरम्मत करना किसी को दिखाई न देता पर किसी दिन गाड़ी में पेट्रोल ख़त्म हो जाये तो जुमला उछल कर आता–"कम से कम इतना तो कर दिया करो।"

यह नहीं करता, वह नहीं करता, आँखों के काले चश्मे वही देखते जो देखना चाहते। यूँ किश्त-दर-किश्त ग़ुस्सा जमा होता रहा। मार्शलीन को तो शुरू से ही

दामाद में कुछ न कुछ ग़लत दिखता था, अब रुबिन को भी रेने की माँ और रेने में सब कुछ ग़लत दिखने लगा। दोनों के इस टकराव में रेने कभी रुबिन का पक्ष न ले पाती। उसके लिए तो अपनी माँ सदा से सही थीं और रहेंगी।

और फिर दामाद और सास ने एक-दूसरे के ख़िलाफ़ कमर कस ली थी। इस खींचतान के चलते पति-पत्नी के बीच अनमनापन आना ही था। खिंचाव बढ़ने लगे। रिश्तों की लगाम दिनोंदिन और अधिक कसती गयी। ऐसे में घुटन का होना स्वाभाविक ही था। ऐसी घुटन कि साँस लेना भारी हो जाये!

दिन में दस बार हिसाब लगाया जाता–मैंने यह किया, मैंने वह किया। इस एकाउंटिंग में रुबिन का कॉलम ख़ाली ही रहता। रुबिन के खाते में सीधा-सा बस एक ही हिसाब था कि वह बारह घण्टों की ड्यूटी करके काम से लौटा है, जिसका उन दोनों महिलाओं की नज़र में कोई महत्त्व नहीं था। काम तो वे दोनों भी करती थीं पर घर आकर फिर से घर के काम में जुट जातीं। खाना पकाना, सफ़ाई करना, रास्ते से आते हुए दूध लेते आना जैसे तमाम काम।

उन दोनों में से किसी को भी इस बात का अहसास नहीं था कि उनके काम में और रुबिन के काम में तनख़्वाह का अन्तर भले न हो पर काम के श्रम का अन्तर था। रुबिन का काम शारीरिक रूप से थका देने वाला ऐसा काम था कि वह आते ही खा-पीकर सो जाना चाहता और यह मार्शलीन को फूटी आँखों नहीं सुहाता था।

बैठक में सोफ़े से उठते उसके खर्राटे कानों में गूँज-गूँजकर तिलमिलाहट का ग़ुबार इकट्ठा करते रहते। वह ग़ुबार-भरा गुब्बारा फट पड़ता जब वह खाना खाने बैठता। एक दिन, दो दिन और फिर हर दिन बग़ैर रुके यह सिलसिला चलने लगा। रुबिन को यह बात बिल्कुल पसन्द नहीं थी कि खाने के बीच कोई उससे दस सवाल करे, बीस रोक-टोक लगाये। वह मौन रहते हुए खाना चबाने का आदी था। जब उन्हें खाते समय टोकते देखता तो मन ख़राब होता। उनके मुँह के अन्दर का अधचबा खाना लार के साथ दिखाई दे जाता तो उसे घिन आती; इसीलिए न देखता, न बोलता, बस सिर नीचा किये अपना खाना खाता रहता।

यह माँ की नज़र में बेटी का, और बेटी की नज़र में माँ का तिरस्कार होता।

ऐसे समय में रुबिन को वो सारे पल याद आते जब उसके काम को सराहना तो दूर, बुरी तरह से दुत्कारा गया था। फिर चाहे वह किसी बिल का पेमेंट करना हो या फिर कोई चीज़ ख़रीदनी हो। वे कोई महँगी नहीं बल्कि छोटी-मोटी चीज़ें होतीं।

जैसे उसके ख़रीदे गये केलों में कच्चापन होता, नींबुओं में रस की कमी होती और उसके द्वारा की गयी साफ़ टेबल को फिर से साफ़ किया जाता।

इन सड़ी-सड़ी मगर बढ़ी-चढ़ी बातों से रिश्तों पर ऐसे धब्बे लगते जो आगे चलकर छूटना भी कठिन था। परत-दर-परत जमते वे धब्बे अमिट बनते जाते। फिर उन धब्बों की वजह से रिश्तों का असली चेहरा इस क़दर धूमिल होता जाता कि एक दिन अस्तित्व ही ख़तरे में पड़ जाता। यही हुआ भी! तीनों अपने आत्मीय रिश्तों के बीच का असली चेहरा खोजते रहते, जो अब कहीं दिखाई न देता। घर, घर न रहा, साज़िशों और नफ़रतों का अड्डा बन गया। अब अपने लिए अलग ठिकाना ढूँढ़ना ही एकमात्र उपाय बचा था।

यूँ सुख में ही सुख की खोज करते वे रिश्ते, कभी नहीं खोज पाते अपने खोये हुए सुख को। चहारदीवारी से रूठा हुआ सुख चला जाता अपना एक अदद ठिकाना ढूँढ़ने। अपने भीतर छुपा सुख खोज न पाने का ग़म सदा के लिए हावी हो जाता। कभी किसी ने ये नहीं सोचा कि घर में इतना किच-किच करने की आख़िर वजह क्या है?

क्या सचमुच रुबिन का खाना इतना अखर रहा है!

क्या सचमुच उसके द्वारा किये गये कामों में काम जैसा कोई काम कभी दिखाई नहीं देता!

ऐसा नहीं हो सकता कि वे एक-दूसरे में वह ढूँढ़े, जो उन्हें दिखाई नहीं देता।

और फिर एक दिन वह हुआ जो नहीं होना चाहिए था। रास्ते अलग हुए, घर के टुकड़े हुए। बरसों-बरस से परिवारों का नेपथ्य वही था, सिर्फ़ कथ्य भर बदला था, वह भी ज़रा-सा।

परिणाम भी बरसों से वही था, महज़ अर्थ भर बदला था, वह भी ज़रा-सा।

किसने, किसके घर को तोड़ा, यह सोचने का समय किसी के पास नहीं था। सुख की तलाश फिर से शुरू हो गयी थी; इधर रुबिन की, उधर रेने की। टूटने के निशान बने भी नहीं थे कि मिटने लगे। अपने-अपने जीवन की दखलअन्दाज़ी को बाहर निकालकर फेंकते हुए अजीब-सा सुख मिला था, अपने अहं की जीत का सुख।

किसके जीवन में किसने घुसपैठ की थी, यह एक अनुत्तरित प्रश्न था। ऐसा प्रश्न जिसका उत्तर सबको मालूम था सिवाय घुसपैठिये के।

# भर दोपहर

एक ऐसी दोपहर जिसमें जीवन के हज़ारों पहर आकर छुप गये थे। गुहार लगा रहे थे अपनी रिहाई के लिए। एक दूसरे से बँधी हुई तीन पीढ़ियाँ थीं। माँ और बाबा, हम दोनों पति-पत्नी और हमारी बेटी। अब तक तो सब कुछ पारदर्शी ही रहा था हमारे बीच, लेकिन अचानक बीच में लम्बी-लम्बी दीवारें आकर खड़ी हो गयीं जिनके बीच कई राज़ चुन दिये गये थे।

मेरे पति मिस्टर बजाज को अभी-अभी पुलिस पकड़कर ले गयी। उनके देहरी लाँघते ही घर का तापमान कई डिग्री फारेनहाइट बढ़ गया। बिल्कुल वैसे ही जैसे शरीर का बुख़ार लगातार थर्मामीटर के पारे को थरथराता आगे बढ़ रहा हो। कम होने के कोई आसार नज़र नहीं आ रहे थे। शरीर काँप रहा था। जबान को साँप सूँघ गया था।

बाहर सूरज आग उगल रहा था और भीतर रिश्तों की आँच भट्टी बनकर जला रही थी। बाहर के सूरज से कहीं ज़्यादा तपिश भीतर की इस आग के कारण थी। इन्सान ही नहीं, घर की हर ईंट उस आँच में जल रही थी। सारी घटनाएँ एक के बाद एक चटक-चटककर तन-मन पर जैसे फफोले बना दे रही थीं।

पति बदनाम होकर पत्नी को सरेआम नंगा कर गया। मेरी प्रतिष्ठा को जगमगाने में बरसों का वक़्त लगा था, उसे धूल-धूसरित होने में महज़ क्षण भर का समय लगा। सच को साबित करने के लिए गवाह थे। गवाही से गिरफ़्तारी हुई थी और बस यहीं से आग ने ताण्डव रचा था। जब-जब ताण्डव होता है, तब-तब विनाश भी होता है। न जाने कब से चल रहे इस ताण्डव ने भी आख़िर आज मेरा और परिवार का विनाश कर दिया। माता-पिता बूढ़े हैं, वे अपने दिन चहारदीवारी में काट लेंगे। बच्चों का क्या होगा! जीवन भर इस अभिशप्त, अश्लीलता से भरे पितृत्व को झेलते रहेंगे। हम सबकी नियति की धुरी अचानक ही दिशा बदलकर घूमने लगी थी।

एक पति के रूप में मिस्टर बजाज में वह सब कुछ था जो मैंने चाहा था। एक बिज़नेसमैन, आकर्षक व्यक्तित्व और मुझे ख़ूब प्यार करने वाला प्रेमी। लोग हमारी केमेस्ट्री का उदाहरण देते थे। सौदों का कारीगर, मेरी मासूम ख़ुशियों का भी सौदा कर गया। बिज़नेस में गन्द कैसे फैली, अगर यह उसके मन में न थी! वह तो मन से कलाकार था। कला के नाम पर ऐसा नंगा नाच कब शुरू हो गया, पता ही नहीं चला। उसका वही निर्मल मन जो उससे कहीं ज़्यादा मेरा अपना था, अब कोसों दूर चला गया था।

आज मुझे अपना तन-मन सब कुछ दुर्गन्ध से भरे कीचड़ में बदलता दिख रहा था। घर में दिन-ब-दिन फैलता ऐशो-आराम किस नाले से बहकर आ रहा था, यह मुझे मालूम होना चाहिए था। कीचड़ को कितना भी छानने की कोशिश करूँगी, कालापन तो रह ही जायेगा। कौन-सी सफ़ेदी लाऊँगी उस कालेपन को छिपाने के लिए।

रोज़ देर रात तक जो काम चलता था, वही काम शोर मचाता हुआ घर की दीवारों को नेस्तनाबूद कर गया था। पैसा घर में आना अच्छा लगा था मगर इस तरह तो कभी नहीं! मुझे ज़रा भी आभास होता कि इस पैसे में इतनी गन्दगी है, यह ऐशो-आराम जाने कब का ठुकरा देती।

यह भी सही है कि लाल पान की बेगम बनकर मन को ख़ुशी तो बहुत हुई थी। अपने घर को घर से महल में बदलते देखा था। अपने उसी महल की हर ईंट से अब ऐयाशी की बू आ रही थी जिस महल की मैं रानी थी। आख़िर क्यों! ऐसी तो माँगें कभी रही नहीं, न मेरी, न मेरे घर की। अपनी मेहनत के बलबूते पर जो कर रही थी, वह शायद पर्याप्त था।

मन बल्लियों उछलता था जब पति का नाम मेरे नाम से पहचाना जाता था। लगता था, लड़कियों का असली दबदबा है यह। पति को पत्नी के नाम से जाना जा रहा है। अब जब पति की काली करतूतों का पर्दाफ़ाश हुआ तो पति का नाम बाद में, मेरा नाम पहले आने लगा। नामों की साज़िश में मेरा 'मैं' पिस गया था। हर जगह "सपना स्वामी के पति मिस्टर बजाज ने अश्लीलता के कारोबार में यह किया, वह किया" ने मेरे नाम को मटियामेट कर दिया था।

अश्लीलता और गन्दगी के साथ अपने नाम को घसीटा जाना भीतर तक दर्द देता। रिश्ते तो टूटने के कगार पर थे ही, जीवन भर की अपनी मेहनत ख़ाक में मिल गयी थी। मुँह छिपाने के लिए हाथ, परदे और यहाँ तक की सीमेंट की दीवारें तक पारदर्शी होकर साथ छोड़ गयी थीं।

यक़ीन ही नहीं होता कि मेरे साथ यह सब हो चुका है। मेरे अपनों की नज़रों में

मैं सबसे बड़ी दोषी हूँ। माँ कहती हैं–"तुम्हें कैसे पता नहीं कि वह क्या करता है!"

बेटी ने कहा–"ममा तुमने क्यों होने दिया यह सब!"

बाहरवाले जो कहें सो कहें, घरवालों की नज़रों में भी दोष मेरा था। न माँ को समझा पायी मैं, न बेटी को। कहती क्या उनसे? उन दोनों को कैसे दोष देती जब मैं ख़ुद ही नहीं समझ पा रही थी कि ये सब कब, कैसे, क्यों हो गया। अन्तरंग मित्र ने भी उलाहना दिया–"तुम कर क्या रही थीं, जब यह सब हो रहा था!"

मैं क्या करती, जासूसी? पति क्या कर रहा है, इसकी पल-पल की खोज-ख़बर रखती! हर रिश्ता विश्वास पर टिका होता है। अविश्वास करके पति की पत्नी नहीं, बेबीसीटर बन जाती! पति की हर गतिविधि पर नज़र कैसे रख सकती थी! बहुत प्यार किया था। अविश्वास की कहीं कोई गुंजाइश नहीं थी। इस सामीप्य के बीच किसी ने कहीं से सेंध लगा दी थी और अब इतनी दूरियाँ थीं कि हम पति-पत्नी नदी के दो पाट हो गये थे। कभी नहीं मिल सकते। साफ़ पानी कितनी भी कोशिश कर ले कीचड़ के साथ मिलकर काला हो जाना ही उसकी नियति है।

ब्रेकिंग न्यूज़ के साथ टीवी से आवाज़ें आ रही थीं। कुछ ही मिनटों पहले गाड़ी में पास बैठे सिपाही की बन्दूक़ छीनकर मिस्टर बजाज ने ख़ुद को गोली मार ली। पुलिस की गाड़ी पुलिस स्टेशन पहुँच चुकी थी। आत्मघाती को मृत घोषित कर दिया गया।

माँ-बाबा और बेटी अवाक् थे। किसी की आँखों में आँसू आये भी होंगे तो वह उस आग को बुझाने आये होंगे जो दिलों में जल रही थी। मेरी तपिश और बढ़ गयी थी। कायर, बुज़दिल, चला गया। एक बार आँखों में आँखें डालकर पूछने का मौक़ा तक न दिया कि आख़िर क्यों किया यह सब, सब कुछ तो था हमारे पास। इस तरह उसका जाना तो बहुत आसान था। मेरी नफ़रत झेलने के लिए उसे ज़िन्दा रहना था। विश्वासघात की क़ीमत चुकाने से पहले ही चला गया।

आँखों देखा हाल टीवी के हर चैनल पर था। उसकी ख़ुदकुशी के साथ सारे विवाद उसी के साथ दफ़न होते नज़र आ रहे थे। मेरा नाम अब सुनाई नहीं दे रहा था। अब उसे अपराधी बजाज कहा जा रहा था। मेरी आँखों ने सन्तृप्ति की साँस ली।

नाम हटने का यह तिनका बहुत बड़ा सहारा था मेरे लिए। इस तिनके के साथ जीवन की बची हुई साँसें ख़त्म कर लूँगी। बोझिल पलकों ने बन्द होकर राहत पहुँचायी। शायद सूरज ने भी कनखियों से मुझे देखा और अपने क़दम पीछे हटा लिये। भर दोपहर के क़हर में शीतल हवा का झोंका कहीं से आया और बन्द आँखों की पोरों में पानी भर गया।

# लाइलाज

घर का ताला बन्द करके निकली तो आज पड़ोसवाले घर में कुछ नये चेहरे दिखे। पिछले कुछ वर्षों से मैं देख रही थी कि कई पड़ोसी तो दिन-रात की तरह तेज़ी से बदलते हैं, तो कई मौसम की तरह कुछ महीनों में। कब, कौन सा नया चेहरा आ जाये और यह कहते हुए हाय-हलो कर दे कि "हम आपके पड़ोसी हैं", पता ही नहीं चलता।

ख़ैर, ये पड़ोसी कुछ अलग थे, अपनों जैसे लगे। चेहरे-मोहरे देखकर सहज ही उनके भारतीय होने का अनुमान हुआ। वैसे इस मामले में कई बार मैंने धोखा खाया है। जब कभी किसी को देखकर लगता कि ये भारत से होंगे तो वे कहीं और के निकलते। कभी जवाब मिलता श्रीलंका से, कभी बांग्लादेश तो कभी पाकिस्तान से। ये भारतीय चेहरे भारत की राजधानी दिल्ली से आये थे और इस तरह ग़लती की सम्भावनाएँ इस बार ग़लत निकलीं।

पहली मुलाक़ात में परिचय इतना ही हुआ। उनके साथ एक प्यारी-सी बच्ची थी। तक़रीबन तीन से चार साल की तो होगी। मैंने उससे पूछा—"हाय बेटा, आपका नाम क्या है?"

"मिनी।"

अपनी हिन्दी में किसी बच्चे से बात करना इन दिनों एक अजूबा-सा था। सुकून मिला अपनों की सूची बढ़ाने का। अब तो जब-तब, कभी लिफ़्ट में, कभी कचरा फेंकने के कमरे में तो कभी लॉबी में टकराते हम एक-दूसरे से। कभी अकेले मिनी की मम्मी, कभी पापा, तो कभी तीनों साथ में दिखने लगे।

दम्पति युवा थे मगर दोनों का चेहरा बुझा-बुझा-सा रहता था। ढीला-ढाला हाय-हलो, और ढीली-ढाली चाल-ढाल। न तो दोनों के कपड़े सिलवटों से मुक्त होते, न ही बाल क़रीने से सँवारे हुए होते। लगता जैसे उनके चेहरे ही नहीं पूरे व्यक्तित्व पर

हवाइयाँ उड़ रही हों। मुझे लगा मानो कुछ तो ऐसा है जो उन्हें परेशान कर रहा है। कोई ऐसी वजह है कि वे दोनों ख़ुश नहीं हैं।

फिर एक दिन मैंने पूछ ही लिया–"कोई परेशानी है, जॉब नहीं है क्या?"

यह एक स्वाभाविक-सा प्रश्न था क्योंकि आमतौर पर एक परेशानी सबको रहती है कि "काम नहीं मिल रहा।" नये देश में आ तो जाते हैं लोग लेकिन जब बहुत पापड़ बेलने के बाद भी काम नहीं मिलता तो मानसिक तनावों से गुज़रना पड़ता है।

"जॉब तो ठीक है, आंटी जी, पर मिनी की तबीयत ठीक नहीं।"

मिनी की मम्मी ने जल्दी से जवाब दिया। इतनी जल्दी मानो वह इसी सवाल की प्रतीक्षा कर रही हो कि आपबीती सुनाकर मन हल्का कर ले। मैंने बच्ची को देखा। वह कहीं से बीमार नहीं लग रही थी।

"पेट दर्द होता है। रात में बहुत रोती है। हम भारत से यहाँ इसीलिए आये हैं कि इसका इलाज हो सके।"

"जॉब-वॉब की कोई चिन्ता नहीं है, आंटी जी, बस इसका इलाज ठीक से हो जाये।" मिनी के पापा की आवाज़ आश्वस्त कर रही थी कि पैसों की वाक़ई कोई परेशानी नहीं है उन्हें।

"ओहो, क्या यहाँ आने के बाद पेट दर्द होने लगा?"

"नहीं, नहीं, पेट दर्द की परेशानी तो तब से है जब मिनी तीन महीने की थी।"

"अच्छा! डॉक्टर क्या कहते हैं?"

"भारत के डॉक्टरों को कुछ समझ नहीं आया। तीन साल से इधर से उधर भटकाते रहे पर बच्ची को आराम नहीं मिला।"

"जब हमने देखा कि कैनेडा का मेडिकल सिस्टम अच्छा है तो बस यहाँ के लिए आवेदन कर दिया। यहाँ आने का हमारा मक़सद इसका इलाज ही है, आंटी जी, वरना हम तो बहुत ख़ुश थे भारत में।" मिनी के पापा ने अपना स्वर मिलाया।

मुझे उत्सुकता थी यह जानने की कि काग़ज़ात तैयार होने में तो साल भर लग गया होगा। जितना समय इस प्रक्रिया में लगा उतने समय तक भारत में इलाज चल भी रहा था या नहीं। मेरी वह जिज्ञासा दबी की दबी रह गयी क्योंकि अभी-अभी परिचय हुआ है, ऐसे सवाल शिष्टाचार के ख़िलाफ़ हो सकते हैं। वैसे भी वह युवा जोड़ा था और मैं आंटियों की उस श्रेणी में थी, जहाँ ऐसे सवालों का जी भरकर मज़ाक़ उड़ाया जा सकता था।

मिनी की मम्मी ने मेरे क्षणिक मौन को तोड़ा–"हमारा अनुमान सही नहीं था। नाम का ही है यहाँ का सिस्टम, आंटी, कोई दम नहीं है। यहाँ पर भी ठीक से इलाज नहीं हो रहा।" मिनी की मम्मी ने प्यार से मिनी के सिर पर हाथ फेरते हुए कहा।

"आप प्रायमरी फिजिशियन के पास गये थे या फिर अस्पताल?"

"सब जगह गये आंटी जी, हम तो पिछले चार महीनों से यहाँ हैं। बस आपके पड़ोस में आये एक सप्ताह हुआ है।"

"कहाँ-कहाँ नहीं गये, आंटी जी, बल्कि यूँ कहिए कि कभी इसके पास तो कभी उसके पास, जाते ही रहते हैं। इनके इलाज से हम तो बिल्कुल सन्तुष्ट नहीं हैं।" एक वाक्य मिनी की मम्मी कहती, दूसरा उसके पापा उसी बात का समर्थन करते हुए कहते।

"मैं कुछ समझी नहीं!"

"देखिए आंटी जी, इसे यह तकलीफ़ बहुत दिनों से है, हमें पता है कि इसे किस चीज़ की ज़रूरत है। ये लोग तो कुछ और ही करते हैं।"

"मतलब?"

"हम कह रहे हैं कि हमें एक्सपर्ट के पास भेजो, वे कहते हैं, इसकी ज़रूरत नहीं। हम कहते हैं एक्स-रे करवाओ पर वो अल्ट्रा साउंड करवा रहे हैं।"

"आप क्यों एक्स-रे करवाना चाहते हैं?"

"एक्स-रे में पता लगेगा न कि परेशानी क्या है, भारत में भी एक्स-रे करके ही देख रहे थे सारे डॉक्टर।"

"परन्तु अभी तो आपने कहा कि भारत में कुछ नहीं हो पाया। आपको यहाँ के मेडिकल सिस्टम पर विश्वास है। अब जो वे कहते हैं, करना पड़ेगा न, यहाँ उन्हें अपनी तरह जाँच करनी होगी।"

"जाँच क्या, आंटी जी, सारी रिपोर्ट तो हमारे पास पहले से है। हमने सारे पेपर्स दे दिये हैं इन्हें। हर बार ये लोग वही कर रहे हैं जो भारत में किया जा चुका है। बच्ची दर्द से परेशान है, देखा नहीं जाता हमसे। हम सो ही नहीं पा रहे हैं, रात-रात भर जागना पड़ता है।"

"रात भर सोऊँगा नहीं तो सुबह काम पर कैसे जा पाऊँगा, बताइए आप!"

"सच कहा, वह तो आपको देखकर ही लग रहा है।" मैंने उन दोनों पति-पत्नी के बुझे चेहरों को देखकर कहा।

"बस बार-बार बुला रहे हैं, कभी यहाँ तो कभी वहाँ। एक तो इतनी ठण्ड है यहाँ, माइनस दस और माइनस बीस में वैसे ही फ्रीज हो रहे हैं।"

"मैं कोई मदद कर सकूँ तो ज़रूर बताये।"

"आपकी नज़र में कोई चाइल्ड स्पेशलिस्ट डॉक्टर हो तो बतायें आंटी जी, जिससे हम थर्ड ओपिनियन ले सकें।"

"मेरा चचेरा भाई है, जाना-माना बच्चों का विशेषज्ञ डॉक्टर। हालाँकि वह कैनेडा में ही है पर दूसरे शहर में रहता है, एडमंटन में। मैं आपको उसका नंबर दे देती हूँ, आप बात कर लें शाम के समय।"

उन्होंने देर नहीं की, घर जाकर नंबर घुमाया और धरा आंटी का संदर्भ देकर बात कर ली। शाम को भाई का फ़ोन आया–"दीदी वो आपके पड़ोसियों का फ़ोन आया था। मैं बग़ैर देखे तो कुछ कह नहीं सकता, हाँ आप उनसे यह जरूर कह दें कि वे डॉक्टर की सुनें।"

भाई के कहे अनुसार सन्देश तो पहुँचाया मैंने, पर थोड़ा-सा तराश दिया और कहा–"आप थोड़ा धैर्य रखें, सब कुछ ठीक हो जायेगा।"

"क्या ठीक हो जायेगा, कुछ तो कर नहीं रहे हैं यहाँ के डॉक्टर। पता नहीं कुछ आता-जाता भी है या नहीं। बच्चा परेशान है, हम सो नहीं पा रहे हैं और ये कह रहे हैं धीरज रखो।"

मिनी की मम्मी की अधीरता को उसके पापा ने व्यक्त किया–"बताइए, आंटी जी! इनको दिख रहा है कि हम किस क़दर परेशान हैं, एक्शन लेना चाहिए न!"

"इतने दिन हो गये, डायग्नोस ही नहीं कर पा रहे हैं।"

"इनको हज़ार बार कहा कि एक्स-रे लो और हमें स्पेशलिस्ट के पास भेजो, लेकिन नहीं, कोई सुनता ही नहीं है। भारत में कम से कम डॉक्टर सुनते तो थे।"

मैं क्या कहती! भारत से आयी थी तब मैं भी अपने परिवारवालों, जान-पहचान वालों को कई नुस्ख़े देती रहती थी और लेती रहती थी। भारत में नीम-हकीम-डॉक्टर की कोई कमी नहीं। डॉक्टरों को छोड़कर सारी जनता डॉक्टर है।

मैं सोच में पड़ गयी थी। मिनी के मम्मी-पापा को आज तक कोई इलाज पसन्द नहीं आया होगा और डॉक्टर बदलते रहे होंगे। कोई दवाई अपना असर करे, उसके पहले दवाई बदल जाती होगी। अब तो देश भी बदल दिया है। मैं सोचने लगी उन सब डॉक्टरों के बारे में जो मरीज़ों और उनके परिवारवालों की डॉक्टरी को झेलते हुए इलाज करते हैं।

अगले दिन सुबह दरवाज़े पर ठक-ठक हुई। मिनी के पापा थे, कहने लगे– "आंटी जी, आज मेरी मीटिंग है और मिनी को लेकर एक नये क्लिनिक जाना है। प्लीज़, अगर आप साथ चले जायें तो उसकी मम्मी को थोड़ी मदद मिल जायेगी।"

मेरा पड़ोसी धर्म जाग उठा–"ज़रूर, आप चिन्ता न करें, मैं चली जाऊँगी।"

समय पर हम क्लिनिक पहुँचे। नये डॉक्टर ने सारी बातें सुनीं। मिनी की मम्मी के बहते आँसू हज़ार सलाह दे रहे थे। सहमी-सी मिनी कातर नज़रों से मम्मी को रोते हुए देख रही थी। मैंने उसे बहलाते-फुसलाते कहा–"घबराओ नहीं, बेटा, आप ठीक हो जायेंगे तो मम्मी नहीं रोयेंगी।"

डॉक्टर अधेड़ उम्र के थे। गोरी चमड़ी थी, आकर्षक व्यक्तित्व के धनी। ऐनक नाक पर नीचे तक थी जिसे वे चढ़ाते नहीं थे बल्कि देखने के लिए खुली आँखों से देखते ताकि ऐनक सिर्फ़ काग़ज़ पर रहे। वे कुछ लिख रहे थे। मिनी की मम्मी ने अपनी पहली प्रतिक्रिया दी–"आंटी, यह तो बड़ा खड़ूस लग रहा है।"

वाक़ई दो आँखें चश्मे के बाहर और दो अन्दर, इस तरह चार आँखों से काम करने वाले मुझे भी कभी नहीं भाते थे। मैंने कहा–"देखते हैं, क्या करता है, ज़रा रुको।"

अहिन्दी भाषी के सामने हम कई बार अपने मन की बात हिन्दी में कहने में हिचकते नहीं। शिष्टाचार के ख़िलाफ़ जाकर एक-दो अपशब्द कहकर सन्तुष्ट होने की आदत-सी हो गयी थी। हमें फुसफुसाते देखकर डॉक्टर ने चश्मे से बाहर की दो आँखों से हम तीनों को बारी-बारी से घूरा, बच्ची को पास बुलाकर चेक किया, आँखें, चेहरा, पेट सब कुछ।

यह मौन हमें कुछ भयावह संकेत देने को उतावला हो रहा था।

"पहली बात, इसे यह परेशानी बहुत दिनों से है।" डॉक्टर ने हमें देखते हुए सख़्त आवाज़ के साथ कहा।

"जी", मेरे हलक में कुछ फँसा-सा था।

"दूसरा, मैं कोई ऐसी गारंटी नहीं दे सकता कि यह एक-दो दिन में ठीक हो जायेगी।" हम अवाक् डॉक्टर का मुँह देख रहे थे।

"तीसरा, इलाज शुरू करने से पहले मुझे बेबी मिनी के रुटीन का चार्ट चाहिए। यह क्या खाती है, क्या पीती है, कब सोती है, कितनी बार उठती है, पी-पू हर चीज़ का रिकार्ड।"

मिनी की मम्मी हैरान-सी मुझे देखने लगी थी। आँखें मुझसे कह रही थीं– "कहा था न खड़ूस है।" मैंने हामी भरकर डॉक्टर से अतिरिक्त विनम्रता से कहा– "यह सो नहीं पाती है, डॉक्टर!"

"तकलीफ़ हो तो कोई नहीं सो सकता, आप सो सकती हैं क्या?" चश्मे के बाहर से वे घूरती आँखें जैसे मुझे काटने को दौड़ रही थीं। मैं एकटक डॉक्टर को देखते हुए उसके द्वारा कहे जा रहे शब्दों को ध्यान से सुनने व समझने की कोशिश कर रही थी।

"मैं पहले इसकी तह तक जाकर देखूँगा कि वजह क्या है, इसके लिए कई टेस्ट करवाने पड़ेंगे।"

उसकी आवाज़ का तीखापन मिनी की मम्मी की आँखों में झलक आया था, रुआँसी-सी बोली–"सर, सारी टेस्ट रिपोर्ट तो पहले से ही हैं। अगर आप एक्स-रे करवा लें तो आपको अभी पता लग जायेगा।" अपनी वही रट फिर से उसकी जबान पर थी।

"मिस ममा, डॉक्टर कौन है यहाँ?"

"जी आप," उसने खिसियाते स्वर में कहा।

"मैंने जो कहा अगर आप कर सकती हैं तो बताइए, मैं अपने पेशेंट का इलाज शुरू करूँ।"

मैंने हिन्दी में कहा–"देखो, परेशान तो हो रहे हो तुम, अब यह भी करके देख लो।"

डॉक्टर ने हम दोनों को बारी-बारी से देखकर कहा–"मैं बार-बार यह सुनना नहीं चाहता कि एक महीना हो गया, दो महीने हो गये। अगर आप मुझे समय दे सकती हैं तो अभी तय कर लीजिए।"

हम दोनों ने एक-दूसरे को देखा, शायद यह कहते हुए–"कोशिश करने में हर्ज ही क्या है।"

आँखें झपकाते हुए दोनों के सिर हिले, इलाज शुरू करने की हामी भरते हुए। मिनी के मम्मी-पापा ख़ुश तो बिल्कुल नहीं थे पर शायद मेरा साथ पाकर वे हथियार डाल चुके थे। वैसे भी और कोई विकल्प तो था नहीं उनके पास। डॉक्टर का कहा मानने की कोशिश करते हुए मैंने मिनी का रोज़मर्रा का चार्ट बनाने में भरपूर मदद की।

हर सप्ताह मिनी और उसकी मम्मी हाज़िरी दे आते और सप्ताह की रिपोर्ट भी। क्लिनिक ने एक लम्बी सूची दे दी कि उसे क्या खिलाया जाये, क्या नहीं।

"कोई दवाई नहीं दे रहे," "ये नहीं खाने दे रहे," "वो नहीं पीने दे रहे," "बच्ची दुबली हो रही है।"

हर दिन हज़ारों शिकायतों के साथ डॉ. खड़ूस के नाम की माला जपती मिनी की मम्मी इस बात को मानने से इनकार नहीं कर पा रही थी कि रोज़ एक-एक दिन के ख़त्म होते, धीमी गति से मिनी के सोने का समय बढ़ रहा है।

इस बात को छह महीने बीत गये।

अब वे दोनों, और मैं भी, हम तीनों बहुत ख़ुश हैं। बग़ैर एक पैसा ख़र्च किये, बग़ैर दवाई के, सिर्फ़ रोज़मर्रा के बदलाव से मिनी ठीक हो गयी। बताया गया कि उसे हर डेयरी प्रोडक्ट से एलर्जी है, इसलिए उन सब चीज़ों को खिलाने से बचना होगा। वह रात में जो गिलास भरकर दूध पीकर सोती थी, उससे रात भर उसका पेट दर्द करता था।

मिनी के मम्मी-पापा तीन साल के बाद अब आराम से सो रहे थे। उनके पूजाघर में डॉ. खड़ूस की तस्वीर लगी थी। हर सुबह नींद की ख़ुमारी से अँगड़ाई लेकर वे दोनों डॉ. साहब की फ़ोटो देखकर मुस्कुराते थे। मिनी का तो सफल इलाज किया ही था, साथ-साथ उन दोनों की भी लाइलाज बीमारी का इलाज कर दिया था। सचमुच की डॉक्टरी पढ़ी व समझी थी उन्होंने। अभी भी उन्हें डॉ. खड़ूस ही कहते लेकिन बहुत प्यार व आदर से।

# मैटरनिटी लीव

प्रसव के बाद का समय नन्हीं बच्ची के साथ यूँ गुज़र रहा था जैसे दिन और रात का हर पल बच्ची ने अपने नाम कर लिया हो। तीन महीने की होते-होते जब मीठी-सी मुस्कान उसके होंठों पर नाचने लगी तो वे सारे अधजगे पल बच्ची की मुस्कुराहट में दिखाई देने लगे। पूरे नौ महीने तक काम करने के बाद प्रसव पीड़ा शुरू होने के बाद ही उसने छुट्टी ली थी, ली क्या थी बल्कि लेनी पड़ी थी।

इतनी बड़ी पोस्ट पर काम करना ज़िम्मेदारियों की ऐसी लम्बी फ़ेहरिस्त थमा देता है जिससे चाहकर भी जान न छुड़ाई जा सके। दूसरी तरफ़ उसे अपने काम से इतना लगाव था कि वह ज़्यादा से ज़्यादा दिन काम करना चाहती थी ताकि लम्बी छुट्टियों पर जाने से पहले अपने सारे काम पूरे हो जायें और उसकी अनुपस्थिति से कहीं कोई व्यवधान न आये।

आख़िरी महीने में भी बहुत सक्रियता रही। व्यस्तता के दौर में महसूस ही नहीं हुआ कि अब नौवाँ महीना आ गया है। कुर्सी पर बैठे हुए फ़ोन हाथ में लिये एक महत्त्वपूर्ण डील का निर्णय ले ही रही थी कि उसी समय बच्ची ने दुनिया में आने का निर्णय ले लिया। दर्द शुरू हो चुका था। अस्पताल जाने से पहले अपना आख़िरी सन्देश चेक करते हुए सुनिश्चित किया कि सारे काम हो चुके हैं अब तक। अस्पताल पहुँचने के चार-पाँच घण्टों के भीतर ही उसने एक स्वस्थ और सुन्दर बच्ची को जन्म दिया।

अब कीथ-शीज़ू दोनों पति-पत्नी सातवें आसमान पर थे। सब कुछ योजनाबद्ध तरीक़े से हो गया था। अपनी-अपनी योग्यता से दोनों ही अपने कार्यक्षेत्र में श्रेष्ठ थे और इसका सारा श्रेय उनकी दूरदर्शी सोच को ही जाता था। कॉर्पोरेट संसार से निकलकर माँ-बच्चे के संसार में प्रवेश करना शीज़ू के लिए बेहद उत्साहित करने वाला था। शुरुआती कुछ दिन तो थके शरीर को आराम देने में निकले और कुछ दिन बच्ची के नन्हे हाथ-पैरों को देखते-महसूसते बीते।

रुई जैसे कोमल अंगों को अपने सीने से लगाते ही ममत्व फूट पड़ता। ऐसी अनुभूति जो माँ शब्द को माँ के अहसास में बदल देती। एक ऐसा संसार जिसमें माँ और बच्चे का बन्धन दिन के हर पल के साथ प्रगाढ़ होता जाता है।

अब घर की दीवारों में एक ही संगीत गूँजता था, बच्ची का रोना। घर के हर कोने ने उसकी चीज़ों को आसरा दिया था। फ़र्श की पदचाप में न चलते हुए भी उसी की ध्वनि सुनाई देती थी। एक बित्ते भर की ज़रा-सी जान बिस्तर पर पड़े-पड़े पूरे घर को सिर पर उठाये रखती थी।

न जाने क्या था कि हर घण्टे-आध घंटे में उसका रोना चालू हो जाता। न दिन देखती थी, न रात। सोना-रोना, दूध पीना-पी-पू करना। इन चारों टास्क में उसे ऐसी कमाल की महारत हासिल थी कि बस ममा को बाँधकर ही रखती थी। ज़रा भी नहीं समझ पाती कि उसकी ममा एक बड़ी कंपनी की उस पोस्ट पर है जहाँ उसकी हाई कमान के रूप में कमांड चलती है और इस नन्ही ने अपनी कंपनी की उस हाई-फाई पेशेवर को अपने इर्द-गिर्द उलझाकर रख लिया है।

नन्ही की एक के बाद एक अनवरत माँगों को पूरा करते हुए शीज़ू कई बार मुस्कुरा देती, ऐसी अर्थपूर्ण मुस्कान जो कहती कि किसी को अपने आसपास बनाये रखने की कला को एक शिशु भी कितनी अच्छी तरह सीख जाता है। उसकी आँखें बच्ची को प्यार से देखतीं, उसकी चीख़ती आवाज़ को सुनती-महसूसती कि किसी से काम करवाना हो तो ऐसे ही चीखना पड़ता है। ऐसी कानफोड़ू आवाज़ से इन्सान तो क्या चीज़ें भी दौड़ी चली आयें। कुछ दिन तो शीज़ू ने बहुत सतर्कता बरती, बच्ची की हर 'ऊँ-आँ' पर ख़ूब ध्यान दिया पर जब यह सिलसिला बग़ैर रुके, न थमता दिखा तो उसकी गति इस बुलावे पर अपने आप धीमी होने लगी।

लिहाज़ा इस शुरुआती दौर के बाद धीरे-धीरे प्रसव-काल के आनन्द की चरम अनुभूति स्वत: मन्द होने लगी।

बच्ची के चार महीने की होने तक मन की बेताबी बढ़ने लगी। बार-बार के पीपी-पूपू से मन उचटने-सा लगा। दूध और डायपर के बीच शीज़ू को अपनी दिनचर्या याद आने लगी। लांड्री से आये हुए कड़क कपड़े निकालकर रोज़ सुबह उठकर तैयार होना, मीटिंग और ईमेल, कामों की लम्बी सूची, एक-एक करके निपटाते छोटे-बड़े टास्क, कब शाम हो जाती, पता ही नहीं चलता। उन सारे कामों को मुस्तैदी से करना याद आने लगा। वह आरामदेह मेज़-कुरसी, वे घनघनाते फ़ोन और वे मीटिंग के एक के बाद एक, समय की मारा-मारी वाले क्षण, जब साँस

लेना भी ज़रूरी न हो तो न ली जाये। काम का आनन्द, पैसा और कुरसी की सुख-सुविधाएँ, दिमाग़ के दरवाज़े पर हौले-से दस्तक देते तो मन कुलबुलाने लगता।

अब घर की चहारदीवारी में बीत रही सुबह-शाम कहीं अन्दर तक कचोटने लगी। बच्ची की आवाज़ के अलावा बहुत कुछ सुनने का मन करता; ठक-ठक वाले हाई हिल के जूतों की चाल, हड़बड़ी वाली पर्स झुलाती, सब-वे ट्रेन पकड़ने की मैराथन और लोगों की गहमागहमी में साथ खड़े अपरिचित-से मौसम पर बातचीत। ऐसी कई छोटी-मोटी रोज़मर्रा की बातें आ-आकर उसे उसकी अनुपस्थिति का आभास देने लगीं।

अपना ही नित्यक्रम अपने लिए पराया-सा हो चुका था। यहाँ घर में अब चलने की पगताल मन्द हो गयी थी। पैर उठते भी थे तो पालने से किचन तक पहुँचने में मन-मन भारी हो जाते। भूख तो लगती थी पर वह बेताबी नहीं थी जो ऑफ़िस में होती थी। चेहरे का पीलापन कुछ और कहता था आइने से, उलझे बालों की बेरुखी कुछ और कह जाती थी।

सब कुछ बदला-बदला-सा था। सामने थी नन्ही, हू-ब-हू अपनी प्रतिकृति जिसके लिए ममा का चौबीस घण्टों का साथ ज़रूरी था। उसकी ममा का क़ाबिल दूरदर्शी दिमाग़ दूर-दूर की छलाँगें लगाने से बाज़ नहीं आता। अपनी योजनाओं के चलते बार-बार ख़याल आता था–"साल भर की छुट्टी से अगले प्रमोशन की तारीख़ साल भर आगे खिसक जायेगी।"

"उसके मातहत उसकी बराबरी पर आ जायेंगे।"

"सालों तक उनकी बॉस रही थी, अब वह रुतबा चला जायेगा।"

"सीनियर-जूनियर के अंकगणित में पीछे रह जायेगी।"

"यह एक साल का समय पूरी तरह से पीछे खींच लेगा उसे।"

इन उलझनों में खोकर, बड़े-बड़े मुद्दों पर सोच आगे बढ़ती तो सोच को कोई दिशा मिले, इसके पहले ही बच्ची फिर से रोने लगती। उसकी झुँझलाहट और बढ़ जाती। वह भी तो चाहती थी कि नन्ही की हर ज़रूरत को पूरा करे, पर थोड़ा तो अनुशासन रखे वह, बस चीख़ना शुरू कर देती है।

एक के बाद एक वे ही काम करते-करते ऊबने लगी शीज़ू। बच्ची का साथ प्यारा था पर कुछ तो था जो चैन नहीं लेने दे रहा था। चैन के साथ बेचैनी बढ़ती जा रही थी। नींद भी किश्तों में ही हो पाती थी। जैसे ही नींद लगती, बच्ची के रोने का अलार्म बज उठता। उसने जैसे तय कर लिया था कि ममा को न सोचने देना है,

न सोने देना है। न तो रात की नींद पूरी हो रही थी, न मन की लिखने-पढ़ने की भूख मिट रही थी।

झल्लाहट की बूँदें एक-एक करके छलकने के लिए इकट्ठी होती जा रही थीं।

अन्दर ही अन्दर खीजते कुछ दिन तो निकले और फिर हर काम के अंत में कहीं न कहीं चिड़चिड़ाहट ज़ाहिर होने लगती। एक दिन आख़िरकार सब्र का घड़ा फूट गया और वह झल्ला पड़ी। अपनी खीज को बाहर निकलने से रोकना मुश्किल हो उठा। बच्ची तो मासूम थी, सो मन की सारी भड़ास कीथ पर निकली। वह तैयार होकर निकल ही रहा था कि तल्ख़ शब्दों ने उस पर वार किया–"थक गयी अब मैं इस सब से, मेरी ज़िन्दगी तो पूरी तरह से नॉन प्रोडक्टिव हो गयी है।"

"इतना बड़ा प्रोडक्शन तो किया है अभी, बच्ची को बड़ा कर रही हो।"

"तुम जानते हो न कीथ, मेरे लिए अपना काम क्या मायने रखता है! पिछले चार महीनों से मैं कुछ नहीं कर रही हूँ। इस कमरे से उस कमरे तक, किचन से बाथरूम तक। अब मुझे बदलाव चाहिए, अपने दोस्तों की, अपने काम की याद आ रही है मुझे।"

"अभी तो आठ माह की छुट्टी बची है, शीज़ू, तुम कैसी बात कर रही हो!"

"हाँ, जानती हूँ! बस यही सोचकर मेरा दम और घुटने लगता है।"

"तुम कहो तो कहीं घूमने चलें!"

"घूमने?"

कीथ को ऐसे घूरकर देखा उसने मानो किसी आवश्यक मुद्दे पर अनावश्यक बात कह दी गयी हो–"चार महीने की बच्ची को लेकर घूमने नहीं जा सकते। बिल्कुल नहीं।"

"क्यों नहीं जा सकते, ऐसी जगह जा सकते हैं जहाँ मौसम ठीक हो।"

"चार महीने की बच्ची को लेकर?"

"वह हमारी बच्ची है, चार महीने की है तो क्या, घूमने-फिरने का शौक़ होगा ही, हवाई आईलैंड चलते हैं।"

"वहाँ का मौसम?"

"वहाँ का मौसम बेस्ट है इन दिनों"

"पर..."

"पर-वर कुछ नहीं, तुम बस हाँ कह दो, बाक़ी सब कुछ हो जायेगा'

"रिस्क ले रहे हैं हम।"

"हाँ रिस्क तो तुम रोज़ ही लेती रही हो" कीथ ने उसकी आँखों में डूबकर देखा तो शीज़ू को बहुत अच्छा लगा, प्यार से एक चपत लगायी कीथ को–"तुम बस कह देते हो, सोचा भी है कि हवाई आईलैंड जाने के लिए बेबी का पासपोर्ट चाहिए, उसके बारे में क्या?"

"वह मुझ पर छोड़ दो, कल ही आवेदन कर देते हैं, दो से तीन सप्ताह में पासपोर्ट हमारे हाथों में होगा।"

"तुम पेपर्स भरकर तैयार रखो, कल सुबह हम सबमिट कर देंगे।"

पेपर्स भरने की प्रक्रिया चल ही रही थी कि एक इमरजेंसी मीटिंग के कॉल पर हफ़्ते भर के लिए कीथ को तत्काल शहर से बाहर जाना पड़ गया।

शीज़ू ने सारे काग़ज़ात तैयार कर लिये थे पर एक बात के लिए अटक गयी कि पिता के हस्ताक्षर तो रह ही गये थे। कीथ को हड़बड़ी में जाना पड़ गया था। अब क्या करे; उसकी प्रतीक्षा करने में तो बहुत समय निकल जाना था। और टिकट, टिकट भी बुक नहीं हुए।

चलो, पहले क्यों न हवाई यात्रा के लिए एयर टिकट की डील देख लें। वेबसाइट पर यह देखकर हैरान थी कि इस समय हवाई आईलैंड के टिकट आधे भाव में मिल रहे थे। तीन सप्ताह बाद के टिकट अगर अभी के अभी बुक नहीं किये तो फिर डबल पैसे देने पड़ेंगे। आव देखा न ताव पहले टिकट बुक कर लिये यह सोचकर कि देर करेगी तो कीथ भी नाराज़ होगा।

फ़ोन करके उसी समय कीथ को खुशख़बर दी तो वह भी शीज़ू की समझदारी पर बेहद ख़ुश हुआ–"वाह शीज़ू, यह हमारा सबसे महँगी लोकेशन पर सबसे सस्ता वैकेशन होगा। हवाई जाने का इससे अच्छा कोई मौक़ा हो ही नहीं सकता था।"

शीज़ू ख़ुश थी कि समय को भुनाने में ज़रा भी देर नहीं की थी उसने। अब बस एक ही काम बचा था पासपोर्ट बनवाने का जिसमें कोई झमेला नज़र नहीं आया। पेपर्स पर हस्ताक्षर नहीं थे कीथ के, लेकिन उसकी प्रतीक्षा में तो सब कुछ लेट हो जाता। अमूमन तो दो हफ़्ते में बनकर आ जाता है पर चूँकि कोई रिस्क नहीं लेनी थी इसलिए शीज़ू का सुझाव था कि–"मैं तुम्हारे हस्ताक्षर कर देती हूँ।"

"पक्का, कर पाओगी?"

"हाँ, उसमें क्या है, मैं कर लूँगी।"

कुछ और सोचने की ज़रूरत महसूस नहीं हुई। कोई अगर-मगर आड़े नहीं आया। अपनी बच्ची का पासपोर्ट बनवा रहे हैं। बच्ची के माता-पिता हैं, सोचने की

बात ही क्या है! कीथ के आने की प्रतीक्षा करना तो बेवकूफ़ी थी, अगर समय पर पासपोर्ट बनकर न आया तो सारी योजना गड़बड़ा जायेगी।

अति आत्मविश्वास से एक-दो बार घुमा-फिराकर कीथ की तरह अक्षर बनाये और भेज दिया आवेदन। लम्बी साँस ली कि कितनी चतुराई से समय का दबाव टाल दिया उसने। अपनी होशियारी और दूरदर्शिता पर नाज़ होने लगा उसे। कीथ ने भी शाबाशी दी–"कार्पोरेट वर्ल्ड में काम करते-करते तुम त्वरित निर्णय लेने में माहिर हो गयी हो।"

शीज़ू ने गर्व से हामी भरी।

अब टोरंटो से हवाई आईलैंड जाने के लिए यात्रा की तैयारियाँ होने लगीं। जोरों-शोरों से। बच्ची के कामों को निपटाने में अब फिर से पहले जैसी आतुरता आ गयी थी। परिवर्तन की हवा में साँसें लेना सुखद था। कीथ के लौटते ही दो-चार दिन में निकल जाना था। घर से बाहर निकलने की तीव्रता इतनी थी कि सूटकेस भर लिये गये थे।

बच्ची के ले जाने वाले सामान की भी लम्बी लिस्ट थी। ये चाहिए-वो चाहिए, ये नहीं चाहिए-वो नहीं चाहिए। कीथ के आने तक सिर्फ़ पासपोर्ट आने का एक ही काम शेष था। इसके अलावा यात्रा की पूरी तैयारियाँ हो गयी थीं, बस निकलने भर की देर थी।

योजना इतनी पक्की थी कि कहीं कोई लूप होल दिखाई नहीं दे रहा था। कोरियर से डाक आने की सूचना मिली तो बड़ी-सी मुस्कान आ गयी होठों पर। दोनों के चेहरे ऐसे खिल गये कि हवाई जाने के लिये हवा में फुर्र होने के क्षण चहकने लगे। आख़िरकार बहुप्रतीक्षित काग़ज़ात आ ही गये।

बहुत उत्सुकता से लिफ़ाफ़ा खोला गया, मुस्कुराहट तो चौड़ी नहीं हुई, पर आँखें ज़रूर चौड़ी हो गयीं। यह एक सरकारी नोटिस था, जिसमें फ़र्ज़ी हस्ताक्षर का केस लगाया गया था। कीथ और शीज़ू स्तब्ध थे, काटो तो ख़ून नहीं। दोनों ऐसे खड़े थे जैसे उनके पैर किसी कुल्हाड़ी पर रख दिये गये हों और ख़ूनाख़ून हो गये; उनके पैर ज़मीन पर न टिककर अधर में लटक रहे हों।

"फ़र्ज़ी हस्ताक्षर? मैं तो तुम्हारी पत्नी हूँ, मेरे हस्ताक्षर फ़र्ज़ी कैसे हुए!"

कीथ उसे देख रहा था और वह कीथ को। ज़ाहिर था कि नज़रों के आदान-प्रदान ने कहा, क्या हुआ वह पत्नी थी, हस्ताक्षर तो पति के किये थे। धोखाधड़ी थी। केस दर्ज हो चुका था। हवाई ट्रिप की हवा फुस्स से निकल चुकी थी। होशो-हवास

उड़ गये थे। बच्ची रो रही थी, आज पहली बार शीज़ू भी उसके साथ-साथ रोना चाहती थी। वैसे ही चीख़-चीख़कर ताकि वे लोग सुन सकें कि किस सात्विक मन से हस्ताक्षर किये थे उसने। कीथ व शीज़ू किंकर्तव्यविमूढ़ थे, उनकी वे दूरदर्शी नज़रें बहुत दूर तक देख रही थीं, इस हस्ताक्षर के परिणाम।

"क्या करें, ऑफ़िस जाकर माफ़ी माँग लें?"

सिर हिलाया उसने, क्या कहती! अपनी होशियारी का ऐसा फल तो कभी नहीं मिला था। यह क्या हो गया! कार्यालय जाकर माफ़ी माँगना तो सम्भव नहीं था, पत्र व्यवहार ही किया। कारण दिये गये–"पति की सम्मति थी, जाना था, टिकट बुक थे, आदि आदि...'

अधिकारीगण मानने को तैयार नहीं थे। मानते भी तो कैसे! पूरी दुनिया जानती है कि पति-पत्नी जब तक एक होते हैं तब तक एक होते हैं, ज़रा से अलग हुए तो ऐसे अलग हो जाते हैं कि ज़मीन आसमान की तरह अलग-अलग दो छोर हो जाते हैं।

वही हुआ। आरोपों–प्रत्यारोपों का सिलसिला शुरू हुआ। अब बच्ची की चीख़ों के साथ दोनों के गरम संवाद दीवारें सुनने लगीं।

"तुम्हें जल्दी हो रही थी।"

"तुमने भी तो हाँ में हाँ मिलायी थी।"

"रोक लेते मुझे।"

"रुकती क्या तुम, मूड तो बिगड़ा हुआ था।"

"तुम्हें रात-दिन चें-चें में रहना पड़े तो पता चले।"

बच्ची के जन्म के बाद से जो घर चहक रहा था, अब वह पूरी तरह से अशान्त था। यह कोई छोटी-मोटी बात नहीं थी। एक पल की बेवकूफ़ी ने हमेशा के लिये अपराधी का तमग़ा दे दिया था। नुक़सान हुआ सो अलग। तीन हजार डॉलर के जो टिकट बुक थे, वे कैंसिल किये तो पैसा वापस नहीं मिला क्योंकि आख़िरी समय में टिकट कैंसिल हो रहे थे। अब कोर्ट-कचहरी के चक्कर लग रहे थे।

मामला गम्भीर ही नहीं अति गम्भीर था।

वे पल भी दिमाग़ में कौंध रहे थे, जब दिल इस क़दर बेचैन हो उठा था। उस बेचैनी की तीव्रता इतनी थी कि मन को इन्तज़ार करना गवारा नहीं था। एक वे क्षण थे, एक ये क्षण हैं! अब सिर्फ़ इस बात का इंतज़ार है कि जो भी फ़ैसला हो, हमारे पक्ष में हो। ठोकर तो लगी थी और ऐसी लगी थी जैसे सामने खड़े बैल को सस्नेह आमन्त्रण दे दिया गया हो कि आजा मुझे मार ले।

मामला हाथ से निकलता जा रहा था। वकील करने के अलावा कोई चारा नहीं था। हज़ारों डॉलर उस आग को बुझाने में लग गये थे जो मन की आतुरता ने लगायी थी। नीतियों को तोड़ना तो तोड़ना ही है, भले ही तोड़ने वाले की नीयत साफ़ हो। नियति ने समय के उस टुकड़े को अपने नाम कर लिया था।

छह सात महीने के लम्बे तनाव के बाद पाँच हज़ार डॉलर का फ़ाइन लगा और इस तरह केस ख़त्म हो सका। ऊपर से वकील की फ़ीस, हवाई आईलैंड यात्रा के क़ीमती टिकट, और दिल के बेशक़ीमती चैन ने मैटरनिटी लीव की सारी शान्ति को लील लिया था। कुछ पल की आतुरता ने इतने आराम से बीतने वाले समय को ज़बर्दस्त तनाव में झोंक दिया था।

आज फ़ैसला हुआ तो बग़ैर किसी मलाल के पैनल्टी की रक़म भर दी गयी। कई महीनों बाद कीथ व शीज़ू अब दुबारा अपनी धरती पर खड़े थे, एक दूसरे को पकड़े!

उनकी दूरदर्शी निगाहें उस बच्ची के ऊपर थीं जो पूरे एक साल की हो गयी थी और कुर्सी के पाये पकड़कर खड़े होने की कोशिश कर रही थी। गिरती, फिर से उठती, फिर से गिरती। आख़िरकार उसने कुर्सी को कसकर पकड़ा और अपना सन्तुलन बनाकर खड़ी हो गयी थी।

# बैटरी

कड़कड़ाती ठण्ड। पारा शून्य से बीस डिग्री नीचे। नाक की नमी बर्फ़ीला कंकड़ बनकर नाक में चुभने लगी है। बर्फ़ के सफ़ेद, नन्हे कण एकजुट होकर हर जगह अपना आधिपत्य जमा रहे हैं। न डामर की सड़क की कालिमा बची है, न किसी घर की छत के कवेलू का कोई रंग; बर्फ़ के इन कणों ने मिलकर हर रंग को अपनी सफ़ेदी में बदल दिया है।

पेड़-पौधों की डालियाँ इनसे लदकर स्वागत में झुक गयी हैं। इक्का-दुक्का पैदल चलने वाले ऐसे लगते जैसे बर्फ़ का कोई बण्डल चला जा रहा हो। उनके गरम कपड़ों और भारी-भरकम जूतों पर सफ़ेदी के कण मुस्कराते नज़र आते। बर्फ़ीले झुरमुट में भी गिलहरियाँ वैसे ही दौड़ती नज़र आतीं जैसे हरी घास पर उछल-कूद करती थीं। सुनसान सड़कों पर कभी-कभी जंगली जानवर निकल आते।

प्रकृति के इस रूप का सामना करने के लिए इन्सान को बहुत तैयारी करनी पड़ती। कभी-कभी जब इन्सानी मस्तिष्क से चूक हो जाये तो लोग सोफी की तरह जान-बूझकर बर्फ़ीले मौसम को चुनौती देने की ग़लती कर बैठे–"आ बर्फ़, मुझे जमाकर देख" की तर्ज़ में।

सोफी का हठ कहें या फिर मजबूरी, वह इस जानलेवा मौसम में हाईवे पर है, गाड़ी में। कल उसे ज्वाइन करना है। जाना ज़रूरी है। सारी उड़ानें रद्द होने से ताबड़तोड़ यह फ़ैसला ले लिया। हिम्मत तो करनी पड़ेगी। कैनेडा और अमेरिका दोनों देशों में रात की ड्राइव बहुत स्मूथ और सुरक्षित होती है। रहा सवाल मौसम का तो स्नो टायर हैं उसकी गाड़ी में। बिगड़ता मौसम हैंडल कर सकती है। लम्बी ड्राइव की क्षमता भी है।

रोमांचक होगा ऐसे ख़तरे उठाना। युवा है, अब हिम्मत नहीं करेगी तो क्या पचास की उम्र के बाद करेगी! वैसे भी वह पेइंग गेस्ट की तरह रह रही थी। सामान

के नाम पर दो सूटकेस हैं, जिनमें उसके कपड़े हैं। इस बर्फ़बारी के क़हर के चलते भी जीवन रुकता नहीं।

टोरंटो से न्यूयॉर्क शहर तक का सफ़र कार से तय करने का उत्साह उसे ख़ूब ऊर्जा दे रहा था। एकाध बार बीच में रुकेगी, बस। होटल में चेक इन करेगी और सीधे ऑफ़िस जायेगी। मौसम चाहे जितना ख़राब हो, सब-वे रेलें हों या आम जीवन, सब कुछ उसी गति से चलता है।

अमेरिकन बॉर्डर क्रॉस करने के बाद एकाएक तेज़ हवा और हिमपात का हमला तेज़ होने लगा। बर्फ़ीला अन्धड़ काँच को बार-बार थपेड़े मारता। साँय-साँय की आवाज़ अंधेरे को चीरकर गूँजती। रोड पर जमा होती बर्फ़ की फिसलन भारी-भरकम पहियों के लिए भी ख़तरे का सबब बनती। पता तो था कि मौसम और भी बिगड़ सकता है पर इस क़दर तूफ़ानी होगा, यह पता नहीं था।

बिगड़ते मौसमी तेवर देखकर उसे लगने लगा कि यह निर्णय ग़लत था। इस तरह ख़तरा उठाने की कोई ज़रूरत नहीं थी। अब वह बीच में थी, न इधर, न उधर। वापस भी लौटती तो उतनी ही परेशानी होती। गाने सुनते हुए उसे ध्यान आया कि फ़ोन को चार्ज के लिए लगा दिया जाये। फ़ोन बन्द नहीं होना चाहिए, वरना वह कहीं की न रहेगी।

गाड़ी की गति निरन्तर धीमी होती जा रही थी। घनघोर अँधेरा और सामने उड़ती बर्फ़ से पैदा धुंधलापन दृश्यता को प्रभावित कर रहा था। गाड़ी की हेडलाइट की रौशनी भी कम लग रही थी। रोड पर जमा होती बर्फ़ को इस समय साफ़ करने कोई नहीं आयेगा।

गाड़ी में हीटिंग है, इसलिए ठण्ड का क़हर सोफी को परेशान नहीं कर सकता। सामनेवाले शीशे पर लगी स्नो, आइस बनकर जमने लगी थी। विंडशील्ड स्वत: साफ़ करने के लिए गाड़ी के वाइपर तरल रसायन फेंक रहे थे, पर सामने रोड़ दिखाई नहीं दे रहा था। सोचा गाड़ी रोककर आगे-पीछे के काँच, हैडलाइट व साइड ग्लास और गाड़ी के चारों ओर जमी बर्फ़ साफ़ कर ले। गाड़ी बन्द करके ब्रश निकाला और सारी बर्फ़ हटायी। ताज़ी बर्फ़ फिर से जम रही थी पर उसे हटाने के लिए वाइपर पर्याप्त थे।

गाड़ी के हर हिस्से से बर्फ़ हटाकर फिर से गाड़ी में आ गयी वह। गाड़ी चालू करने के पहले हाथों को गरम करना ज़रूरी था। उँगलियाँ अकड़ गयी थीं। कुछ

पल दास्ताने हटाकर हाथों को मलना शुरू किया। शरीर में भी ठण्ड घुस गयी थी। कँपकँपी जारी थी।

गाड़ी स्टार्ट कर राहत की साँस लेने ही वाली थी कि उसे महसूस हुआ गाड़ी स्टार्ट नहीं हुई–"ये क्या हुआ!" दोबारा स्टार्ट करने की कोशिश की। फिर वही हल्की-सी क्लिक। इंजन से चालू होने की कोई आवाज़ नहीं। बार-बार स्टार्ट बटन दबाती रही पर गाड़ी मौन खड़ी रही, उस ज़िद्दी बच्चे की तरह जिसका मन हो तो चले, न हो तो कह दे कि मुझे उठाकर चलो। सोफी एकटक गाड़ी के उस बटन को घूर रही थी जो ख़ामोश हो गया था।

कई सम्भावनाओं का एक साथ आक्रमण होने लगा। इस तरह गाड़ी स्टार्ट न होने का मतलब है, बैटरी बैठ गयी! इस समय कार की बैटरी का डेड होना, एक तरह से सोफी का डेड होना है। फ़ोन को देखा ताकि हेल्पलाइन को फ़ोन कर सके। नंबर तलाश ही रही थी कि फ़ोन की स्क्रीन चली गयी।

यह भी डेड हो गया! बैटरी चार्ज ही नहीं हुई! किसी को मदद के लिए बुला नहीं सकती। अब क्या करे! आशंकाओं के पुलिन्दे सामने थे जो एक के बाद एक, नयी तह के साथ खुलते जा रहे थे।

सबसे बड़े ख़तरे की घण्टी दिमाग़ में बज रही थी–"अब कोई शक नहीं कि आज इस सर्द रात में यह कार उसकी क़ब्रगाह बन जायेगी!"

पीछे की सीट पर रखे कम्बल में पूरी तरह ख़ुद को ढँककर सिमट गयी। इसके अलावा कोई और मौत होती तो फिर भी आसान होती लेकिन इस सर्दी में शरीर का बर्फ़ की सिल्ली बनने की त्रासदी झेलना किसी नर्क से कम नहीं था। लगा जैसे उसने ख़ुद को मौत के हवाले कर दिया। शरीर के हर अंग को कम्बल में लपेटने के बावजूद ठण्ड का तीखापन बढ़ गया था।

गाड़ी की हीटिंग को कुछ ही मिनटों में बाहर की सर्द, तीखी, चीरती हुई ठण्ड ने अपने क़ाबू में कर लिया। ठिठुरन चालू हो गयी थी। दाँत बजने लगे थे। धीरे-धीरे हाथ की उँगलियाँ फ्रिज़ होने लगी थीं। पैर में बूट थे इसलिए पैरों में अपेक्षाकृत सिहरन कम थी। इस बियाबान में दूर-दूर तक किसी और कार के इस समय आने की उम्मीद नहीं थी।

मौत का आगमन पल-पल क़रीब होते, शरीर को शिथिल करता जा रहा था। अब बचने की उम्मीद छोड़ते हुए, वह अपने प्रियजनों को याद कर रही थी–"मेरी मौत की ख़बर न जाने कब मिलेगी उन्हें। कैसे लाश को यहाँ से ले जायेंगे। या फिर बर्फ़ के भीतर दबा शरीर सिकुड़ कर रह जायेगा।"

एक ख़ामोश मौत की आहट कानों को सुनाई दे रही थी। कान सचमुच कुछ सुन रहे थे। आहट स्पष्ट थी। ऐसी तो मौत की आवाज़ नहीं होती! पहला अनुभव है, क्या पता ऐसी ही होती हो! कान सतर्क हुए। दिमाग़ को सन्देश मिला–"यह तो किसी गाड़ी की आवाज़ है।"

शिराओं में जीवन झाँकने लगा। पीछे से आती किसी गाड़ी की हेडलाइट दिखाई दी। मन किया कि रोककर मदद माँगे लेकिन फिर लगा कि न जाने कौन हो, अभी तो ठण्ड में मरना है, इसके बाद और न जाने किस तकलीफ़ से गुज़र कर मरना होगा।

मौत का भय तो था ही, एक और मुसीबत का भय सवार हो गया। कम्बल में और सिमट गयी ताकि गुज़रने वाली कार यह सोचकर निकल जाये कि अन्दर कोई नहीं है। वह साँस रोके उस कार के जाने की प्रतीक्षा कर रही थी। तभी गाड़ी पर ज़ोर से ब्रेक लगे व चरर-चर करके रुक गयी।

किसी ने कार के दरवाज़े पर थप-थप किया। कोई न कोई ख़तरा है; यह कारवाला रुका क्यों, यह जो भी है, आधी रात का एक और बवण्डर ही है! वह साँस रोके पड़ी रही। बग़ैर हिले-डुले।

"हलो, मैं मदद कर सकता हूँ, दरवाज़ा खोलो।"

वह चुप रही।

"मैंने तुम्हें देखा है। तुम यहाँ फ्रीज हो जाओगे। डरो मत।"

अब कोई विकल्प नहीं था। वह जैसे-तैसे दरवाज़ा खोलकर बोली–"मेरी बैटरी डेड है, फ़ोन भी डेड है और मैं डेड होने वाली हूँ। तुम जाओ।"

"मैं तुम्हारी गाड़ी को जंप स्टार्ट दे सकता हूँ।"

सोफी के बग़ैर कुछ कहे वह आगन्तुक उसकी गाड़ी का बोनट खोलने लगा। वह थरथरा रहा था। सोफी भी। सिर्फ़ बोलने के लिए मुँह खुला था, बाक़ी सब कुछ ढँका था। बोलने के साथ ही मुँह से ढेर सारी भाप निकल जाती। दोनों काँप रहे थे। सोफी की कँपकँपी उससे कई गुना अधिक थी। ठण्ड और डर का मिला-जुला हमला था।

उसने जंप स्टार्ट दिया। कहा–"अब गाड़ी बन्द न करना, इंजन चालू रखना। मैं तुम्हारे पीछे चलता हूँ।"

"तुम जाओ। मैं ठीक हूँ। फ़ोन भी लगा देती हूँ चार्ज पर।"

"मौसम बहुत ख़राब है। मैं तुम्हारे पीछे चलूँगा। तुम्हारी गाड़ी फिर रुक सकती है अगर आधा घण्टा लगातार न चली तो।"

वह सोफी के पीछे चल रहा था। दोनों की गाड़ियाँ धीमी गति से रेंग रही थीं। जरा भी तेज़ करते तो फिसलने का डर था। सौ की स्पीड वाले रोड पर वे बीस की स्पीड से गाड़ी चला रहे थे। ऐसा सफ़र जिसका अन्त पता नहीं था। इसी तरह चलना था।

सोफी का डर बढ़ता रहा—ज़रूर किसी भी क्षण आगे गाड़ी लाकर वह मुझे रोकेगा। और फिर...!

इतने मोटे हैट-मफ़लर के बीच पता नहीं चल रहा था कि यह आगन्तुक कौन है, कैसा है, बस मुँह से आवाज़ आती थी। दस मिनट भी नहीं चले थे कि फिर से उसने साइड में आकर हार्न दिया और गाड़ी रोकने के लिए इशारा किया। अकेली लड़की का डर फिर से फुँफकारने लगा। हाथ-पैर फूलने लगे। ब्रेक बहुत मुश्किल से लगा।

डर अब गुणित होकर मौत से ज़्यादा विकराल नज़र आ रहा था। गाड़ी न रोकने की हिम्मत नहीं कर पायी। वह गाड़ी से बाहर नहीं आया, साइड में लाकर खिड़की खोलने का इशारा किया।

खिड़की खोलकर चिल्लाते हुए कहा—"दस मिनट में एक सर्विस एरिया आ रहा है। मैं वहाँ से गर्म काफ़ी लेता हूँ। तुम गाड़ी बन्द मत करना, पार्किंग लॉट में मेरी प्रतीक्षा करना।"

सोफी ने गर्दन हिलायी। सचमुच गला शुष्क था। कॉफ़ी मिलना जितना सुखद था उससे कहीं बड़ा सन्देह था, उसके किसी षडयन्त्र का। न जाने इसके मन में क्या है। शक था कि अभी यह कॉफी के लिए दरवाज़ा खुलवायेगा और घुस आयेगा अन्दर। कुछ मिला न दे कॉफ़ी में!

आसपास बर्फ़ के अलावा कुछ था ही नहीं। किसे बुलायेगी मदद के लिए। उसकी बात मानने के अलावा कोई चारा नहीं था। वह बहुत जल्दी दो कॉफ़ी लेकर आ गया। शायद मशीन थी कॉफ़ी के लिए। इस सर्द रात में कॉफ़ी हाउस में कोई कैसे मिलता! वह कॉफ़ी का कप पकड़ाकर चला गया।

डर के मारे कॉफ़ी, कॉफ़ी नहीं कुछ और पेय लग रही थी। बेस्वाद। एकबारगी लगा कि इसमें कुछ मिला दिया हो उसे बेहोश करने के लिए। ठीक भी है, बेहोश हो जायेगी तो किसी यातना को महसूस नहीं करेगी। वह पीती रही। कॉफ़ी की गर्माहट रत्ती भर मदद कर रही थी।

चलने का इशारा मिला तो फिर से दोनों एक दूसरे के पीछे थे। वह अपनी गाड़ी सोफी से ज़्यादा धीमी गति से ड्राइव कर रहा था। पीछे जो चलना था। अन्यमनस्क-सी सोफी की ठण्ड से सिहरन अब थम गयी थी। गाड़ी की हीटिंग ने ठण्ड का प्रकोप कुछ हद तक कम किया था। डर का प्रकोप तेज़ गति से बढ़ता जा रहा था।

दो गाड़ियाँ चल रही थीं। ख़ामोश सड़क पर, घुप्प अंधेरे के साये में। फिस्स-फिस्स आवाज़ करते वाइपर, काँच पर जमते बर्फ़ के कणों को लगातार हटा रहे थे। पुन:, दस मिनट चले होंगे कि एक बार फिर से उसने रुकने का इशारा किया।

इस बार थरथरा गयी सोफी। प्राण गले में थे और घिग्घी बन्ध रही थी। इस आगन्तुक ने पक्का कर लिया है कि शिकार अब शिकंजे में है। लड़की का बेहोश होना तय है। सोफी ने सोचा–"मैं तो पूरे होशो-हवास में हूँ। कॉफ़ी पीने से एनर्जी मिली है, न कि कोई नशा।"

असमंजस में देखा, उसने अपनी गाड़ी को ठीक वैसे ही रोका साइड में, और चिल्लाकर कहा–"तुम्हारी गाड़ी की पीछे की एक लाइट काम नहीं कर रही है। धीरे चलो।"

और वापस सोफी की गाड़ी के पीछे चलने लगा। इस बार दस मिनट की अवधि लम्बी हो गयी थी। सोफी ने मिरर से देखा, वह अभी भी पीछे वैसे ही चल रहा था। मिनट-दर-मिनट आगे बढ़ती गाड़ी जैसे बरसों का सफ़र तय कर रही थी। किसी नये ड्रायवर की तरह हाथ डगमग करते किसी तरह गाड़ी को नियन्त्रित किये हुए थे।

एक बार फिर से उसकी गाड़ी साइड में आ गयी। उसी अन्दाज़ में गाड़ी रोककर कहा–"अब तुम्हारी बैटरी ठीक रहेगी। अब मैं निकलता हूँ।" और वह अपनी गाड़ी सोफी से आगे लेकर, हाथ हिलाकर चला गया।

हतप्रभ-सी सोफी ने हाथ हिलाकर उसे विदा दी, जो उसने शायद ही देखी हो। धन्यवाद भी कहा, जो वहीं जम गया था। जाते हुए उसकी गाड़ी किसी देवदूत के विमान की तरह लग रही थी, जो आकाश से उतरा था और एक लड़की के जीवन की बुझती आग में ईंधन डालकर वापस चला गया था। शरीर की सिहरन थम गयी थी।

घात की एक लम्बी रात की इतिश्री में पौ फटने का संकेत मिलने लगा। हिमपात अब थका-थका-सा घर लौटता प्रतीत होता था। आगे के रास्तों पर दूर,

नमक डालने वाले ट्रकों की बत्तियाँ चमकती दिखाई दे रही थीं। शहर के क़रीब होने के आसार नज़र आ रहे थे।

मौत के खौफ़ से मुक्ति मिलने की देर थी कि सोफी को भूख-प्यास सबका भान होने लगा। घण्टों से कुछ खाया नहीं था। धीमी गति से चलती गाड़ी को एक हाथ से नियन्त्रित करते हुए उसका दूसरा हाथ, साथ की सीट पर रखी खाने की चीज़ें टटोलने लगा ताकि उसके शरीर की बैटरी भी चलती रहे।

उसकी आँखों के सामने एक के बाद एक, बैटरी के कई रूप अपनी उपस्थिति दर्ज करवा रहे थे–कार की बैटरी, फ़ोन की बैटरी, उसकी ख़ुद की भी; और ख़ास तौर से उस अनजान फरिश्ते की, जो अपनी मदद की बैटरी से ताउम्र के लिए एक सुखद ऊर्जामयी अहसास छोड़ गया था।

एक बार फिर उससे मिलने का मन होने लगा, पैरों ने तुरन्त गाड़ी की स्पीड बढ़ा दी।

# कॉफ़ी में क्रीम

अपने विभाग द्वारा आयोजित अन्तरराष्ट्रीय सेमिनार का प्रबन्ध करते हुए वह इधर से उधर लगभग दौड़-सी रही थी। कई देशों के प्रतिनिधि आये हुए थे। महीनों पहले उनके खाने-पीने-ठहरने की व्यवस्थाएँ हो चुकी थीं। आज पहला दिन था और पहले सेशन की सारी ज़िम्मेदारियाँ इवा पर थीं। सब कुछ योजनानुसार चल रहा था। दस बजने में कुछ ही मिनट शेष थे। सूट-टाई में पुरुष और रंग-बिरंगे ब्लैज़र में महिलाएँ, एक दूसरे से हाथ मिलाते हुए, विश्व स्तरीय कांफ्रेंस का ख़ूबसूरत नज़ारा पेश कर रहे थे।

की-नोट स्पीकर भी आ चुके थे। छात्रों, प्राध्यापकों व अतिथियों से खचाखच भरा था हॉल। सब कुछ इवा के नियन्त्रण में था। वह आश्वस्त भी थी कि कहीं कोई गड़बड़ नहीं होगी, सिवाय तकनीकी परेशानी के। हालाँकि आईटी विभाग के सारे नंबर थे उसके पास, आईटी से उसका परिचित जैसन भी आने वाला था दिन भर के लिए, लेकिन वह अब तक कहीं नज़र नहीं आया था।

अब उसे सेशन शुरू करना था और जिस बात की आशंका उसे सदैव रहती है, वही हुआ। प्रोजेक्टर चालू नहीं हुआ। किसी तरह चालू हुआ तो फ़ाइल से कनेक्ट नहीं हो रहा था। यूएसबी से, ईमेल से, हर सम्भव प्रयास कर लिये। सही क्लिक मिली ही नहीं। इवा के पसीने छूट रहे थे। इन दिनों हर कोई तो अपना लेक्चर पावरपॉइंट से करता है।

अब करे तो क्या करे! इतने दिनों का कठिन परिश्रम इस ज़रा-सी तकनीकी रुकावट से व्यर्थ हो जायेगा। जैसन अब तक कहीं नहीं दिखा था। अपने साथी को माइक देकर, कार्यक्रम में हो रहे विलम्ब के लिए क्षमा माँगने को कहा और तुरन्त आईटी को फ़ोन लगाया।

किसी अपरिचित की आवाज़ थी। इवा की घबराहट-भरी आवाज़ से वह

अनुमान लगा पा रहा था कि यह इमरजेंसी है। वह बोला–"प्लीज़ रिलेक्स, आप हॉल नंबर दीजिए, मैं वहाँ पाँच मिनट में पहुँच रहा हूँ।"

सचमुच, कुछ ही मिनटों में पहुँच गया वह। लाल-पीले-नीले-काले, कई उलझे वायरों के फैले जाल से उसने कुछ वायर इधर से उधर किये। सिस्टम बन्द करके चालू किया और मिनटों में सब कुछ सेट कर दिया। इस आश्वासन के साथ कि इस सेशन के ख़त्म होने तक वह यहीं रहेगा। की-नोट स्पीच के बाद, एक के बाद एक वक़्ता आते रहे। बग़ैर किसी रुकावट के सब कुछ स्मूथ चला। कार्यक्रम शानदार रहा।

बधाइयों के बीच उसे याद आ रहा था वह, जो देवदूत बनकर आया था। वह कौन था, उसका नाम तक न पूछ पायी थी। इतना ही दिमाग़ में था कि वह एक ब्लैक (अश्वेत), आकर्षक नवयुवक था, जिसका सब कुछ ब्लैक था। ब्लैक सूट, ब्लैक शर्ट, ब्लैक टाई, ब्लैक जूते। खैर, आज तो अब लेट हो गया लेकिन कल ज़रूर उसे फ़ोन करके धन्यवाद देगी।

अगली सुबह याद करके उसी नंबर पर आईटी विभाग में फ़ोन किया। वह बॉब था। उसने आवाज़ पहचान ली।

"अभी आता हूँ, आज कहाँ है आपका सेमिनार?"

"जी सेमिनार के लिए नहीं, मैंने तो आपको सिर्फ़ धन्यवाद करने के लिए फ़ोन किया था। जैसन छुट्टी पर है क्या?"

"हाँ, उसके परिवार में कोई इमरजेंसी थी। वह एक महीने के लिए अपने देश चला गया है।"

"तो आप यहाँ एक महीने के लिए ही हैं शायद!"

"जी नहीं, मेरी नयी पोस्टिंग है। मैंने कल ही ज्वाइन किया। मैं वैंकूवर से टोरंटो आया हूँ।"

"अच्छा! आते ही आपने मेरे विभाग की समस्या को चुटकियों में हल किया। आपका स्वागत है हमारे कॉलेज में।"

"जी, धन्यवाद, आप कई सालों से हैं यहाँ?"

"जी नहीं, इसी साल मास्टर्स ख़त्म करके ज्वाइन किया है।"

"मैंने भी इसी साल पढ़ाई ख़त्म की है। आप यहाँ फ्रेंच पढ़ाती हैं?"

"जी, और जिस सेक्शन में मेरी कक्षाएँ हैं, वे सभी पुराने सिस्टम पर हैं। रोज़ मेरी कक्षा के पहले आईटीवाले आकर फ़िक्स करके जाते हैं। अभी तक तो जैसन की ज़िम्मेदारी थी यह।"

"कक्षाएँ कौन सी हैं, बिल्डिंग, रूम नंबर, टाइम आदि की लिस्ट भेज दीजिए। मैं ध्यान रखूँगा।"

"ज़रूर, आपका बहुत-बहुत धन्यवाद। आपने सेमिनार में मुझे जिस तरह से रेस्क्यू किया था, वह सचमुच बहुत बड़ी मदद थी।"

वह दिन था और आज का दिन, इसके बाद वह कक्षा में पढ़ा रही हो या कहीं प्रेजेंट कर रही हो, बॉब को एक अलर्ट मैसेज जाता और उसकी तकनीकी समस्याओं का समाधान हो जाता। अपनी सक्षमताओं में यह तकनीकी योग्यता कभी न जोड़ पायी वह। हमेशा पैनिक हो जाती। हड़बड़ी में इधर से उधर बटन दबते रहते और जो कुछ चालू होता, वह भी बन्द हो जाता। हर बार विशेष धन्यवाद का मैसेज कर देती बॉब को।

एक दिन सोचा, उसकी इतनी मदद के बदले कम से कम एक बार उसे कॉफ़ी तो ऑफ़र कर ही सकती है। फ़ोन बॉब ने ही उठाया–"इवा, मेरे पास पहले से ही आपके मिलियन से ज़्यादा धन्यवाद हैं।"

"आज मैंने धन्यवाद के लिए नहीं, कॉफ़ी के लिए फ़ोन किया था।"

"अरे, क्यों नहीं, कहाँ और कब!"

"मिंटो हॉल के सामने, सेकंड कप कॉफ़ी शाप पर मिलें, एक बजे के क़रीब?"

"ज़रूर, मिलते हैं।"

आज वह सामान्य कपड़ों में था, मगर थे काले ही। एक-दूसरे के बारे में औपचारिक जानकारियों का आदान-प्रदान हुआ। कॉफ़ी पीते हुए एक बात ज़रूर नोटिस की दोनों ने कि बॉब कॉफ़ी में क्रीम मिलाता है और इवा ब्लैक कॉफ़ी पीती है। चीनी दोनों ही नहीं डालते।

थोड़ी बहुत बातें करते हुए इवा ने महसूस किया कि वह बहुत संयत है। नाप-तौलकर बोलता है, पूरे आदर के साथ। उसका एक ख़ास अन्दाज़ है, देखने का और बात को आगे बढ़ाने का। शहर नया था उसके लिए, सेटल होने की कोशिश जारी थी। अपनी-अपनी पढ़ाई की, अपने-अपने कैरियर की चर्चा हुई। उसके आईटी के अपने शौक़ के बारे में, इवा की फ्रेंच टीचिंग की चुनौतियों के बारे में बातें हुईं। अच्छा लगा बात करके। जाते हुए दोनों ने सोचा कि क्यों न अगले सप्ताह कॉफ़ी के लिए मिला जाये।

और उसके बाद लगभग हर सप्ताह कॉफ़ी का यह सिलसिला जारी रहा। जो भी पहले पहुँचता, कॉफ़ी मेज़ पर तैयार मिलती। बातों का सिलसिला ऐसा चलता कि

समय पता ही नहीं चलता। वैंकूवर और टोरंटो की कार्य-पद्धति, दोनों शहरों के साथ जुड़ी खास बातें जिनके दायरे विस्तृत होते। निजी बातें न कभी पूछी जातीं, न बतायी जातीं। अब चर्चा सहज हो चली थी। औपचारिकताएँ धीरे-धीरे कम हो रही थीं।

एक दिन इवा ने पूछ ही लिया–"आप हमेशा अलग-अलग तरह के ब्लैक कपड़े पहनते हैं। इस चॉइस की कोई ख़ास वजह?"

"क्योंकि मैंने ब्लैकनेस को अपने जीवन में अन्दर तक उतारा है। यह मेरी तरह हर रंग को अपने में सोख लेता है।"

उसकी वह मुस्कान बहुत कुछ कह रही थी। इवा को उसका जवाब गहराई से भरपूर लगा–"आप तो अच्छी-ख़ासी दार्शनिक बातें करते हैं, आपको कॉलेज के दर्शनशास्त्र विभाग में होना चाहिए।"

"वहाँ होता तो फ्रेंच विभाग की मदद कैसे करता!"

मुस्कुरा दी इवा। बॉब का यह सेंस ऑफ़ ह्यूमर उसे बहुत पसन्द था। कई बार सहज ही कही गयी उसकी बात हँसा देती थी।

"हमेशा तो नहीं, पर अधिकांशत: सफ़ेद कपड़ों में नज़र आती हैं आप!"

"मेरा जवाब आपकी तरह दार्शनिक नहीं है, मुझे सफ़ेद रंग पहनना बहुत पसन्द है, बस।"

"इससे आपका व्यक्तित्व मैच करता है।"

बदले में उसे नहीं कह पायी कि 'ब्लैक पहनने से आपका व्यक्तित्व मैच होता है।'

हालाँकि, आज तक कभी बॉब की बातचीत से ऐसा नहीं लगा था कि उसे अपने ब्लैक होने से कोई शिकायत है। ना ही इवा को अपनी जड़ें कोरिया से जुड़ी होने से कोई शिकायत थी। दोनों का अपना-अपना ठोस वजूद था। बॉब का व्यक्तित्व इतना प्रभावी था कि उसकी क़द-काठी, हाव-भाव और काम के प्रति निष्ठा उसे औरों से अलग करते थे। लम्बा, मज़बूत और स्लिम। कसरती, सुगठित शरीर। सौम्यता से बात करता और हल्के-फुल्के पंच देता जो इवा के होंठों पर एक चौड़ी मुस्कान ले आते।

इवा कोरियन बेबी डॉल की तरह थी। चिकनी-दूधिया मरमरी देह, सुर्ख़ गुलाब की पँखुड़ियों जैसे होंठ और सीधे, लहराते-चमकते बाल। छुईमुई-सी लड़की। अपने कपड़ों की ख़ास स्टाइल से और भी आकर्षक दिखती। इवा के सफ़ेद कपड़ों के साथ बॉब के काले कपड़ों का जो साथ होता तो ऐसा लगता जैसे बॉब उसका सिक्योरिटी गार्ड हो।

दो लोगों में जितनी विभिन्नताएँ हो सकती हैं, उतनी उन दोनों के बीच मौजूद थीं। कहीं से कहीं तक कोई साम्य नहीं था। दोनों का जन्म कैनेडा के दो अलग-अलग शहरों में हुआ था। उनके पिता जब छोटे थे तब परिवार यहाँ आया था। बॉब का परिवार युगांडा से और इवा का कोरिया से।

उन दोनों में दोस्ती क्यों है, यह भी आश्चर्य की बात थी। दोस्ती के तार जुड़े होने की वजह भी किसी को समझ नहीं आती। दोनों का खाना अलग, संस्कृति अलग, बोलने का ढंग अलग, चमड़ी अलग। एक मलाई की तरह उजली और दूसरा ब्लैक कॉफ़ी की तरह काला। रंग, धर्म, जाति, सब कुछ अलग।

एक ही संस्था में होने के बावजूद आईटी और फ्रेंच विभाग का भी कोई खास कनेक्शन नहीं था, सिवाय कक्षाओं में टेक्निकल सपोर्ट के। दोनों के रास्ते अलग होकर भी जुड़ गये थे। बहुत अच्छे दोस्त थे वे दोनों अब। विचारों का तालमेल कुछ ऐसा कि साथ बैठकर कॉफ़ी पीना जैसे अनिवार्यता हो गयी थी वरना दिन सूना-सूना-सा लगता।

इवा से कहता बॉब–"तुमसे दोस्ती निभाना मेरे लिए एक चुनौती रही है, पर मैंने इस चुनौती को स्वीकार किया है।"

इवा मुस्कुराती–"चुनौतियाँ मुझे भी पसन्द हैं। देखते हैं, कौन पीछे हटता है।"

मात्र इस चुनौती की वजह से दोस्ती टिकी हुई थी, या फिर आपसी समझ थी, या फिर टेक्निकल सपोर्ट, जो भी था दोनों में से किसी ने इस पर ज़्यादा सोचा नहीं था। कॉफ़ी का साप्ताहिक दौर अब धीरे-धीरे दैनिक हो चला था। रोज़ शाम की मुलाक़ात तय थी।

जब रोज़ मिलने लगे तो इवा की दोस्त स्टैफनी ने मज़ाक़ में कहा था–"तुम दोनों को साथ बैठे देखकर ऐसा लगता है जैसे किसी ने ब्लैक कॉफ़ी में क्रीम डाल दिया हो।"

इवा उसके इस तीखे कमेंट को मीठा बना देती, यह कहकर–'यह तो सच है।' तब उसके सामने बॉब होता और उसका कॉफ़ी कप होता। ब्लैक कॉफ़ी में क्रीम मिलाता, चुस्कियों में कॉफ़ी पीता हुआ, हर घूँट के साथ गर्माहट को भीतर तक समेटता हुआ।

दोनों में एक समानता ये थी कि दोनों ही बेहद होशियार-प्रोफ़ेशनल्स थे और अपना काम बेहद ईमानदारी से करते थे। यह एक समानता सौ विभिन्नताओं के बराबर थी। कभी किसी ने सीमा-रेखा का उल्लंघन नहीं किया। ऐसी कोई स्थिति

आयी ही नहीं। एक-दूसरे की पसन्द-नापसन्द का भी ख़याल था दोनों को। इवा को ब्लैक एंड व्हाइट का कांबीनेशन शुरू से बहुत पसन्द था।

एक बात उसे बहुत भा गयी थी कि साथ बैठकर कॉफ़ी पीने के अलावा न उसने कभी कुछ चाहा, न कभी कुछ कहा। जन्मदिन के तोहफ़े देने का या किसी भी औपचारिकता को निभाने की एक ही जगह थी–किसी कॉफ़ी हाउस में बैठकर कॉफ़ी पीना।

वे दोनों अपनी-अपनी जगह पर थे, अपनी-अपनी हदों का आदर करते। दोनों की अपनी पसन्द भी वही थी। लेकिन यह देखने वालों को पसन्द नहीं था। बॉब के दोस्त उससे कहते–"दो अलहदा छोर कभी नहीं मिल सकते।" पैसों की नहीं, सिद्धान्तों की या पोस्ट की भी नहीं, बात दोनों के रूप-रंग की थी। जिसके बारे में वे दोनों सोचें, न सोचें, लोग तो सोच ही रहे थे।

इवा के दोस्त भी उससे पूछते–"तुम और बॉब डेट कर रहे हो क्या?"

"नहीं, बिल्कुल नहीं। बस वह कक्षाओं में आता है तो अच्छी पहचान हो गयी, टेक्निकल सपोर्ट है मेरा।"

"प्रैक्टिकल सपोर्ट की कोई गुंजाइश रखना भी मत!"

"सिली! क्या किसी से यूँ ही दोस्ती नहीं हो सकती!"

इवा और बॉब मिलते तो इसका ज़िक्र भी होता–"लोग नहीं चाहते कि मैं तुमसे दोस्ती रखूँ।"

"बिल्कुल नहीं चाहते, मुझे पता है। पर जब भी तुम दोस्ती न रखना चाहो, बस मुझे इशारा भर कर देना, मैं वहाँ से हट जाऊँगा।"

बॉब का यह जवाब इवा को बहुत मान देता, उसे बहुत अच्छा लगता।

सच तो यह था कि उन दोनों के बीच ऐसा कुछ था भी नहीं कि कॉफ़ी मीटिंग को कोई और नाम दिया जा सके। कभी बॉब की ओर से या इवा की ओर से ऐसा कोई संकेत दिखा भी नहीं था जिससे किसी कोमल-सी चुटकी का भी अहसास होता।

कभी बॉब से हाथ मिलाते हुए इवा के मन ने गुन-गुन-रुन-झुन गीत नहीं गाए। कभी आँखों ने उसकी नज़र को गहरे तक क़ैद नहीं किया। शायद वह जानती थी कि नदी के दो किनारे कभी नहीं मिलते। बहता पानी दोनों किनारों को बराबर ही छूता होगा। उसके लिए न कोई किनारा साफ़ था, न कोई मटमैला। न बड़ा था, न छोटा।

ऐसे ही दो किनारे थे बॉब और इवा, जिन्हें इन्सानियत के बहते पानी ने जोड़ा था, दोस्ती से। इस दोस्ती को बनाये रखने का प्रयास दोनों ने बराबर किया था। ऐसे में किसी तीसरे का क़यास उनके लिए कोई मायने नहीं रखता था।

इन बातों पर स्वत: ब्रेक लग गया जब बॉब ने बताया कि उसे मैक्मास्टर यूनिवर्सिटी, हैमिल्टन में बेहतर जॉब ऑफ़र मिला है। वह यहाँ नोटिस दे चुका है। अगले सप्ताह वहाँ ज्वाइन कर रहा है। दो-ढाई घण्टों की ड्राइव थी टोरंटो से। एकबारगी इवा को अच्छा नहीं लगा, उसे भनक भी न लगने दी बॉब ने कि वह कहीं और जा रहा है। पर वह ख़ुश थी उसकी सफलता पर।

वैसे भी इन दिनों ज़्यादा सोचने का समय नहीं था। सेमिस्टर ख़त्म होने वाला था। माँ कोरिया के लिये रवाना हुई थीं। बहुत दिनों से वे अपनी बहन एली से मिलना चाहती थीं। माँ के जाने के बाद से ही वह अपनी कक्षाओं की परीक्षा की तैयारियों में व्यस्त थी। दिन भर कॉपियाँ चेक करना और रिज़ल्ट तैयार करना!

इसके बाद अगले सेशन तक कॉलेज जाने की ज़रूरत नहीं थी। सभी कक्षाओं का रिज़ल्ट सबमिट करके राहत की साँस ली ही थी कि कोरिया से फ़ोन आया। माँ को हार्टअटैक आया था। उनके सीने में बहुत दर्द था और आईसीयू में थीं। लगातार कोरिया से सम्पर्क बनाये हुए थी इवा। कोरिया उड़ान के टिकट मिल नहीं रहे थे। टोरंटो से क्या कर सकती थी भला, सिवाय परेशान होने के। घर की दीवारें ख़ामोशी से उसे फ़ोन पर फ़ोन घुमाते देख रही थीं।

फिर से फ़ोन घनघनाया। आंट एली ने रोते-रोते बताया कि आईसीयू में उन्होंने दम तोड़ दिया। वह स्तब्ध थी। पत्थरों की तरह चुभते-चुभते आँसू सीने में जम गये थे। माँ के अलावा उसका था ही कौन! पिता बरसों पहले ही नहीं रहे थे। अब माँ ऐसे कैसे उसे अकेले छोड़कर जा सकती हैं! एक नहीं, तरह-तरह के दर्द उसे आहत करते रहे।

स्टैफनी के सन्देशों का जवाब एक ही लाइन में दिया–'मुझे अकेला छोड़ दो।'

इस समय वह अपनी माँ के साथ रहना चाहती थी, उनकी यादों के साथ। उनके कमरे की हर चीज़ को छू रही थी वह। कभी लगता, माँ यहीं हैं। उसके लिए नूडल्स बना रही हैं। उसे आराम करने को कह रही हैं। दोनों बहुत सारी बातें कर रहे हैं। वह माँ को अपने शरारती छात्रों के बारे में बता रही है और वे हँस रही हैं। निश्छल हँसी, जो अब घर में कभी नहीं गूँजेगी। तस्वीरों में क़ैद हो जायेगी।

फ़ोन की घनघनाहट थम ही नहीं रही थी। यन्त्रवत् फ़ोन उठा लिया इवा ने। बॉब का "हलो" भर सुना और तुरन्त फ़ोन रख दिया। ये पल अपनों के लिए थे, बॉब कौन उसका अपना है! ग़लती से फिर किसी का फ़ोन न उठा ले, यह सोच उसने स्विच ऑफ़ कर दिया।

माँ के क्लोज़ेट में उनके कपड़ों को छू रही थी। सिलवटों से भरे कपड़े जिन्हें पहनने से पहले इस्त्री करती थीं माँ। उनके चेहरे की सिलवटें भी कुछ ऐसी ही थीं जिन्हें बाहर जाने से पहले मेकअप से ढँक लेती थीं। अपने डायमंड के इअरिंग यहीं छोड़कर गयी थीं। सफ़र में कोई क़ीमती चीज़ साथ नहीं रखती थीं। उसका मन हुआ वे इअरिंग पहनकर देखे। आईने के सामने उन्हें लगाकर देखा तो पीछे से सचमुच माँ की शक्ल दिखाई दी–"बहुत सुन्दर" कहते हुए।

धीरे-धीरे वह प्रतिच्छाया इवा के शरीर में विलीन हो गयी। इस अहसास के साथ मानो माँ ने इवा के व्यक्तित्व में स्वयं का विलय कर दिया हो। वह आईने में स्वयं को नहीं, माँ को देख रही थी मुस्कुराते हुए।

वह वहीं बैठ गयी। आँखें बन्द थीं, निस्तेज और निष्प्राण-सी। बहुत देर तक, बहुत कुछ घूमता रहा बन्द आँखों के सामने।

थोड़ी देर बाद दरवाज़े की घण्टी बजी। हतप्रभ-सी इवा ने देखा–घर के दरवाज़े पर बॉब दो कॉफ़ी कप की ट्रे के साथ खड़ा था। बग़ैर कुछ बोले बॉब ने उसका हाथ अपने हाथों में ले लिया। उसके रुई जैसे कोमल और दूधिया हाथ बॉब के मज़बूत हाथों में थे। अनदेखा-अनकहा जो था, शब्दों-रंगों से परे जो था, वह कई किताबों में था, कलाकृतियों में था, लेकिन इस समय उन दो गुनगुनी हथेलियों के बीच था।

गर्म हथेलियों की तपन ने इवा के जमे हुए आँसुओं को बहा दिया।

शाम का धुँधलका अपने चरम पर था। काले बादलों का झुंड, सफ़ेद बादलों के साथ एकाकार होते, डूबते सूरज की लालिमा में विलीन हो रहा था। न दिन था, न रात, सिन्दूरी शाम थी।

# भिड़न्त

अपने सारे मरीज़ों को देखने के बाद जब वह अपने ऑफ़िस में पहुँची तो वहाँ डॉ. शोभित उसकी प्रतीक्षा कर रहे थे। उन्हें अपने ऑफ़िस में देखकर थोड़ा अचम्भित होना स्वाभाविक था क्योंकि वे अस्पताल के व्यस्ततम चिकित्सकों में से एक थे। अंकोलॉजी के जाने-माने विशेषज्ञ थे। आसपास से, दूर-दूर से कई मरीज़ उनसे इलाज की आशा में यहाँ आते थे और फिर से नया जीवन पाने का उपहार लेकर जाते थे।

"हलो, सर, आप यहाँ! बैठिए न, सर!"

"बस तुमसे हलो कहने आया था, डॉक्टर!"

"अरे वाह क्या बात है, सर, आइए, आइए। बैठिए, चाय पीते हैं।"

"तुम बैठो, चाय मैंने अभी पी है,' कुरसी पर बैठते ही डॉ. शोभित की निगाहें स्वाति के चेहरे पर थीं।

"सर..."

"डॉक्टर स्वाति, सुनो, तुम्हारी ममा की सारी रिपोर्ट्स आ गयी हैं।"

"ओहो, अच्छा, तो आप इसीलिए आये हैं। मुझे पता था कि सब कुछ नार्मल ही होगा। सर, एक मिनट, चाय नहीं तो कॉफ़ी?"

"चाय-कॉफ़ी कुछ नहीं, सुनो, बैठो आराम से..."

"क्या हुआ, सर, कोई ख़ास बात है क्या?"

"तुम्हारी ममा को स्तन कैंसर है।"

"हँ..." स्वाति की आवाज़ उसके गले में अटक गयी। आँखें फैल गयीं कुछ इस तरह कि पूछ रही हो–'क्या कह रहे हैं आप?'

एक पेशेवर डॉक्टर की तरह अपनी बात जारी रखी डॉ. शोभित ने–"पचास प्रतिशत इस पार या पचास प्रतिशत उस पार। हमें जल्दी से जल्दी इलाज शुरू करना होगा।"

इस समय साथ काम करने वाले सहकर्मी की तरह नहीं, एक डॉक्टर की तरह बोल रहे थे वे और चाहते थे कि स्वाति भी एक डॉक्टर की तरह ही सुने।

"शोभित सर...' बहुत कुछ पूछना चाहती थी वह, पर अन्दर से तेज़ी से आती आवाज़ बाहर आते-आते दम तोड़ चुकी थी।

"मैं जानता हूँ, डॉक्टर स्वाति कि यह आपको झकझोर देने वाली ख़बर है किन्तु आप डॉक्टर हैं। यह रोने-धोने का समय नहीं है। प्लीज़ योजना बनाने में हमारी मदद कीजिए कि कब क्या करेंगे और इलाज आगे बढ़ाते हुए पॉज़िटिव-नेगेटिव रिज़ल्ट आने पर हमारा अगला क़दम क्या होगा।"

डॉ. शोभित अच्छी तरह जानते थे कि इस समय थोड़ी-सी भी सहानुभूति जताना स्वाति को और अधिक भावुक कर देगा। इसीलिए उसकी मम्मी की रिपोर्ट्स के बारे में एक सामान्य मरीज़ की तरह खबर दे रहे थे।

"सर...' कुछ कह नहीं पायी वह, कुछ पूछ भी नहीं पायी। कहना बहुत कुछ चाहती थी, पूछना बहुत कुछ चाहती थी पर अन्दर उमड़ते-घुमड़ते सवाल आपस में ही टकरा-टकराकर चकनाचूर हो गये थे।

"आपको मेरी शुभकामनाएँ, डॉ. स्वाति, मुझे पूरी आशा है कि आप इससे अच्छी तरह बाहर निकलकर आयेंगी।" उसके कन्धों को थपथपाकर डॉ. शोभित चले गये।

एक मरीज़ की बीमारी के बारे में परिवारवालों को जैसे कहा जाता है, जिस तरह कहा जाता है बिल्कुल वैसे ही कहकर चले गये वे। एक डॉक्टर ने तो सुन लिया किन्तु एक बेटी भी तो सुन रही थी, उसकी भावनाओं का क्या! उसकी चिन्ताओं का क्या! वह भी उस बेटी का, जिसका अपनी मम्मी के अलावा कोई नहीं था इस दुनिया में।

इस समय वह रोना चाहती थी, ज़ोर-ज़ोर से। इतनी ज़ोर से कि उसका डॉक्टरी व्यक्तित्व दहल जाये। उसे अकेला छोड़ दे, तब तक, जब तक ममा पूरी तरह से ठीक न हो जायें। उसे पूरी छूट दे दे कि कम से कम इस समय वह ममा के साथ एक बिटिया बनकर रहे। अपनी ममा को ठीक करने की गुहार लगाती रहे डॉ. शोभित से। अन्य मरीज़ों के घरवालों की तरह एक के बाद एक सवाल पूछती रहे उनसे। डॉ. शोभित उसे भी समझायें, बतायें कि, "यह शुरुआती स्टेज है, चिन्ता की कोई बात नहीं है। हम जल्दी से जल्दी इलाज शुरू कर रहे हैं।"

यह क्या बात हुई! "पचास प्रतिशत इस पार या पचास प्रतिशत उस पार" कहकर चले गये वे, जैसे डॉक्टरों की मीटिंग में किसी मरीज़ का केस पुटअप कर रहे हों। केस नहीं है यह, मेरी ममा हैं, ममा हैं मेरी। रो पड़ी वह, इतनी ज़ोर से कि आसपास के मरीज़ भी सुन लें, डॉक्टर भी एक इन्सान ही होता है। उसे भी अपने-आत्मीयजनों के लिए उतनी ही चिन्ता होती है जितनी इस ऑफ़िस के बाहर सब लोगों को होती है।

डॉ. स्वाति के फूट-फूटकर रोने की आवाज़ दीवारों से टकरा-टकराकर वापस उसी के कानों में गूँज रही थी। कोई नहीं था वहाँ जो उसे सुन पाता। आँखों के झिलमिलाते आँसू सामने पापा की तस्वीर पर टिक जाते हैं, अपना अक्स देखते हुए। पापा, जो हमेशा यही कहते थे–"तुम्हारे जैसी डॉक्टर का मुस्कुराता हुआ, उत्साह और उमंगवाला चेहरा देखकर मरीज़ की आधी बीमारी तो यूँ ही ग़ायब हो जायेगी और बची-खुची आधी बीमारी को तुम्हारा इलाज ग़ायब कर देगा।"

सच कहते थे पापा। उसे अपने डॉक्टरवाले रूप को बनाये रखना होगा। अभी वह अस्पताल में है और उसका पहला कर्तव्य है एक डॉक्टर का जो उसे पूरा करना है। डॉ. शोभित ने भी इसी वजह से उसके लिए या ममा के लिए कोई सहानुभूति नहीं जतायी। ज़ाहिर-सा था, उसे यह याद दिलाना कि वह सिर्फ़ एक बेटी नहीं है, एक डॉक्टर भी है। ऐसी स्थितियों में उसकी ज़िम्मेदारी दोगुनी हो जाती है।

अपना चेहरा वाश बेसिन के ठण्डे पानी से धोकर भावनाओं में बहने के सारे निशान मिटाने की कोशिश करती है स्वाति।

अस्पताल है यह, वह काम करती है यहाँ। हर रोज़ अपने कई मरीज़ों के रिश्तेदारों को बुरी और अच्छी ख़बर देती है। ऐसा नहीं है कि यह सब आसानी से हो जाता है। कभी-कभी किसी मरीज़ की व्यथा से मन बेचैन तो होता है पर शरीर के विज्ञान की तह को खँगालते तथ्य और आँकड़े बाध्य कर देते हैं कि अब उसके हाथ में कुछ नहीं है। उस समय कुछ पलों के लिए उसे ख़राब लगता है, दुःख भी होता है लेकिन फिर से अगले मरीज़ों की जाँच में खो जाती है वह। तब तो किसी सहानुभूति की ज़रूरत नहीं पड़ती है उसे, ख़ुद को समझा लेती है और आगे बढ़ जाती है।

क्या वह आज भी यह कर पायेगी। प्रश्न ही नहीं उठता, उसे करना ही होगा। यही कहा गया था उसे, यही सिखाया गया था उसे।

किसी को उसे समझाने की ज़रूरत नहीं थी कि आगे की सारी प्रक्रिया कितनी कठिन होगी। ममा के लिए तो पीड़ादायक होगी ही, उसके लिए ममा को देखना

ज़्यादा मुश्किल होगा। इस बीमारी के हर स्टेज की क्रूरता उतनी ही तकलीफ़ वाली होगी। ममा की हर रोज़ सिकुड़ती हँसी को कैसे रोक पायेगी! हर रोज़ उनके घटते वजन को देखने की पीड़ा कितनी कचोटेगी!

लम्बे मुलायम बालों की रेशमी चोटी जिसे बग़ैर पकड़े बचपन में कभी दूध नहीं पीती थी वह, सोती भी थी तो चोटी पकड़कर सोती थी; अब उसकी जगह ममा का बाल रहित सिर कैसे देखेगी! क्यों वह डॉक्टर होते हुए भी ममा को कैंसर से बचा नहीं पायी! ऐसा कुछ नहीं कर पायी कि उनका स्वस्थ शरीर सेहतमन्द ही रहे। उसी की लापरवाही रही होगी जो आज इस जानलेवा बीमारी ने ममा को घेर लिया।

भावों और विचारों की जंग से जीतने के लिए सामने पड़ा स्टेथस्कोप गले में डाल लिया उसने। डॉक्टर स्वाति होकर वह सब कुछ समझ सकती थी, स्वयं को समझा सकती थी। इस बीमारी से लड़ने की क्षमता है उसमें। वह सब कुछ कर लेगी। इतना तो विश्वास करना होगा अपने आप पर।

वह कभी इस बात का रोना नहीं रोयेगी कि माँ को कैंसर है। उसका काम इतना बढ़ गया है, उसे बिल्कुल समय नहीं मिलता। अपने भाग्य को दोष भी नहीं देगी। शरीर है तो बीमारियाँ तो होंगी। अगर एक डॉक्टर होते हुए भी वह नहीं समझ सकती तो उसे अपने मरीज़ों को सांत्वना देने का कोई हक़ नहीं है।

डॉक्टर स्वाति को सब लोग डॉक्टर स्वीट कहते थे। छोटी-सी मासूम चेहरेवाली लड़की जो गले में स्टेथस्कोप पहनते ही अपने मासूम से चेहरे के साथ एक ज़िम्मेदार और सख़्त डॉक्टर में बदल जाती थी।

"जाने कहाँ से लाती है इतनी सख़्ती!"

"जाने कहाँ से लाती है इतनी ऊर्जा!"

"जाने कहाँ से लाती है इतनी हिम्मत!"

उससे मिलने के बाद, उससे बात करने के बाद मरीज़ और उसके रिश्तेदार इन्हीं शब्दों से उसके व्यक्तित्व का वर्णन करते थे। सबसे हँसते हुए बात करना, मरीज़ को देखने के बाद उसकी मुस्कान की तारीफ़ करना और आसपास खड़े लोगों के हालचाल पूछना, ये कुछ ऐसी ख़ास बातें थीं जो उसे सबसे अलग कर देती थीं।

उसके पापा को बेहद नाज़ था अपनी बेटी पर जब उसने मेडिकल में प्रवेश लिया था। लेकिन भाग्य ने साथ नहीं दिया और उसे डॉक्टर के रूप में देखने से पहले ही वे चल बसे। वे उसे एक डॉक्टर की तरह काम करते हुए नहीं देख पाये

मगर उसकी मेज़ के सामने लगी उनकी मुस्कुराती तस्वीर हमेशा उसे देखती रहती। यह एहसास दिलाते हुए कि वे अभी भी देख रहे हैं उसे, उसकी हिम्मत बढ़ा रहे हैं और उन्हें अपनी बिटिया पर बेहद गर्व है।

आज डॉ. स्वाति को उन सारे मरीज़ों की मन:स्थिति से गुज़रना पड़ रहा था जो काम के हर घण्टे में उसके सामने ही घटित होता था। एक मरीज़ की बेटी के रूप में वह जब अस्पताल में रहेगी तब पता चलेगा कि डॉक्टर और मरीज़ के बीच कितनी नज़दीकियाँ हैं और कितनी दूरियाँ हैं। उन मरीज़ों के अच्छे होने की एक आशा में उनके परिवारवालों के अस्पतालों के चक्कर लगते रहते, अलग-अलग डॉक्टर राउंड पर आते और कहते–"सब ठीक है। पहले से काफ़ी फ़र्क़ है।"

"दवाइयाँ काम कर रही हैं, शरीर का रिसपांस अच्छा है।"

"अगली रिपोर्ट्स की प्रतीक्षा है बस उसके बाद सब कुछ सामान्य हो जायेगा।"

और अगली रिपोर्ट्स के मिलते ही एक दिन कह दिया जाता–"अब कुछ नहीं कर सकते, इनका रोग बहुत फैल गया है। अब तो दवा और दुआ जो भी काम कर जाये।"

सभी डॉक्टर यही कहते हैं। उनका पेशा ही ऐसा है। और सचमुच कई मरीज़ों को वे मौत के मुँह से खींचकर ले आते। अस्पताल में नया जीवन पाते ये मरीज़ अपने डॉक्टर को भगवान का दर्जा देते और ख़ुशी-ख़ुशी अपने घर जाते। कुछ मरीज़ ऐसे भी होते जो नया जीवन पाने की उम्मीद लिये इस जीवन को यहीं छोड़ देते, हर जीवन के साथ जुड़े मृत्यु के सच को उजागर कर देते। तब न दवा काम करती न दुआ, तब डॉक्टर न भगवान होता, न ही इन्सान जो किसी की मौत पर आँसू बहा सके।

सच का सामना करने के लिए बेटी के सामने एक डॉक्टर की ही जीत होनी चाहिए। डॉ. स्वाति की आँखें अब ममा से मिलने को बेताब थीं। एक मरीज़ को उसकी बीमारी की ख़बर सुनाने के लिए किसी तैयारी की ज़रूरत नहीं थी। अब वह डॉ. स्वाति की तरह ममा का मनोबल बनाकर रखेगी। अस्पताल में इलाज के चलते उनके हर दिन को ख़ुशनुमा बनाने की चेष्टा करती रहेगी।

एक-दो दिन में ख़बर न जाने कहाँ से, कब और कैसे फैल गयी–"वैष्णवी जी को कैंसर है।"

बस फिर क्या था। फ़ोन आने लगे, दरवाज़े खटखटाये जाने लगे और फेसबुक वॉट्सएप पर सन्देशों का ताँता लग गया। ममा के कैंसर की ख़बर हर ओर थी। सारे

रिश्तेदारों के फ़ोन घनघनाने लगे। उनके भी जो सालों से मिलना तो दूर कभी बात भी नहीं कर पाये थे।

फ़ोन बजते, दरवाज़े खटखटाये जाते। दरवाज़ा खोलना भी पड़ता, अन्दर भी बुलाना पड़ता और बैठने के लिए भी कहना पड़ता। अच्छा लगता उसे कि सब ममा की इतनी चिन्ता कर रहे हैं। वह अकेली नहीं है बहुत सारे लोग हैं, उसके साथ। आसपास के लोग, अड़ोसी-पड़ोसी भी आते, कहते–"कभी भी कोई काम हो तो ज़रूर बताना।"

पास के भी और दूर-दूर के भी, सारे रिश्तेदार आते, मिलते और अपने शब्दों को रोक नहीं पाते–"तुम्हारी मम्मी कितनी दुबली हो गयी है, डॉक्टर मैडम कुछ करो।"

"अरे देवा, सूखकर काँटा हो गई तेरी ममा तो।"

"बिटिया तू सारे दूसरे मरीज़ों को देखती रहती है, तेरी अपनी माँ को देखने का वक़्त मिलता है कि नहीं तुझे।"

"इस समय छुट्टियाँ ले ले, उसे तेरी ज़रूरत है।"

सोचा तो उसने भी यही था कि छुट्टी ले ले पर वह जानती है कि अगर छुट्टियाँ लेकर ममा के पास रहेगी तो और भी ज़्यादा चिन्ता करती रहेगी। बेहतर यही है कि काम भी करती रहे और ममा की बीमारी से भी लड़ती रहे।

कल दूर की एक मौसी जी सीधे अस्पताल पहुँच गयी थीं–"अरे मुझे तो माही की ननद ने बताया कि अपनी वैष्णवी को कैंसर हो गया, मैं तो दंग रह गयी सुनकर। विश्वास ही नहीं हुआ। कभी वैष्णवी को बुख़ार भी आया हो, ऐसा सुनने में नहीं आया और अब सीधे कैंसर का सुन रही हूँ।"

"मैं तो सबसे कहती हूँ, ख़ूब चला-फिरा करो, ख़ूब पानी पिया करो, ख़ूब हँसो-बोलो।"

"हम तो ख़ूब चलते हैं, सारा काम हाथ से करते हैं, ख़ूब पानी पीते हैं, पूरे दिन में सात-आठ गिलास।"

"बेटा ममा को घर का खाना खिलाओ, तू कहे तो मैं खिचड़ी बनाकर ले आया करूँगी, साबूदाने की खिचड़ी दे कभी-कभी।"

"बीमारी में मुँह ख़राब हो जाता है, बेटा!"

"घर का खाना खिलाना शुरू करो।"

डॉ. स्वाति सबकी बातें बहुत ही सहज लेती यह सोचकर कि "बड़े हैं, कहना

उनका फ़र्ज़ है।" लेकिन ममा की ओर देखती तो उसे बिल्कुल अच्छा नहीं लगता। सबसे मिलने के बाद उनकी उदासी इस बात का सबूत थी कि वे आशा छोड़ चुकी हैं। इस समय उन्हें उत्साह की ज़रूरत है, हताशा की नहीं।

ये सब कहने के बजाय आने वाला हर इन्सान यह क्यों नहीं कह पाता कि, "अरे बिल्कुल चिन्ता न करें, कुछ ही दिनों में आप वापस पहले की तरह घूमने-फिरने लगेंगी।" ऐसे शब्द सुनकर तो उनके बीमार शरीर को आशा की किरण दिखाई देगी। इस समय यह स्थिति होती जा रही थी कि ममा बेचारी अपने आप को स्वस्थ महसूस करे, तो भी न कर पाये। इसका कारण है, वह सारी नकारात्मकता जो उनसे मिलने वाले लेकर आते हैं।

इधर फ़ोन का सिलसिला जो शुरू होता तो ख़त्म ही नहीं होता। फ़ोन पर भी बग़ैर दूसरी ओर का सुने वही दोहराया जाता–"मैं आना चाहती हूँ वैष्णवी को देखने के लिए। बाप रे! मेरा मन माने क्या ऐसे में, रहूँगी मैं तो उसके पास। उसकी सेवा करूँगी।"

ये सारे शब्द मिलकर एक भीड़ का रूप लेते और स्वाति के दिमाग़ पर हमला बोलते। लगातार, एक के बाद एक होते हमले से बचने के लिए बचाव का रास्ता खोजना ज़रूरी था। हार कर डॉ. स्वाति को एक फ़ैसला लेना पड़ा। एक दवाई का डोज़ तैयार करना ज़रूरी था उन सब लोगों के लिए जो बीमारी में बीमार इन्सान को और अधिक बीमार कर देते हैं।

कमरे के बाहर बोर्ड लगा दिया–"मरीज़ से मिलना मना है, विज़िटर्स आर नाट अलाउड।"

कुछ दिनों के लिए नया फ़ोन नंबर ले लिया।

बहुत साहस चाहिए था इस क़दम को उठाने के लिए। एक सबक़ सिखाना था बड़ों को। स्वाति को जो सज़ा देना चाहें दे दें पर अभी उसे ममा के कैंसर से जंग जीतनी है। ममा को ठीक करना है। अगर वे इस बात को नहीं समझते तो कोई बात नहीं। जब ममा ठीक हो जायेंगी तब समझ जाएँगे।

डॉ. शोभित बहुत ख़ुश हुए यह साइन बोर्ड देखकर–"यह किया न हिम्मतवाला काम, डॉ. स्वाति, एक समय पर एक लड़ाई लड़ना ही बेहतर है।"

क़रीबी और दूर के सभी रिश्तेदारों ने तगड़ा विरोध किया।

"अरे मैं उसकी बहन हूँ, मेरा अधिकार है उससे मिलने का।"

"मैं उसका बड़ा भाई हूँ, तू मुझे उससे नहीं मिलने दे रही है!"

"बेटी है कि दुश्मन है!"

"न जाने किस जन्म की दुश्मनी निकाल रही है!"

"ऐसे समय तो अपनों का साथ होना कितना ज़रूरी है, ये बच्चे समझते ही नहीं!"

डॉ. स्वाति ने कान बन्द कर लिये थे क्योंकि सबको जवाब देना नामुमकिन था। सबसे सुरक्षित रास्ता यही दिखा था उसे। अगर कुछ ग़लत भी कर रही है तो अपनी माँ के लिए कर रही है। किस-किस को समझाये। कामकाजी लड़की क्या-क्या करे, काम पर जाये, माँ का ध्यान रखे, उन्हें समय-समय पर अस्पताल ले जाये या फिर आने वालों की ख़ातिर करे। उन सबके सवालों का जवाब दे या फिर उनके सुझावों को अमल में लाये।

सबसे पहले जो ज़रूरी था, वह था ममा के सारे चेकअप पूरे करवाना और इलाज के बारे में डॉक्टरों से बात करते रहना। साथ ही इस बात का भी ध्यान रखना कि ममा अपने मन से न हारे।

अब डॉक्टर स्वीट को दनदनाते फ़ोन से या सवालों की बौछारों से किसी पर भी चिड़चिड़ाने की नौबत ही नहीं आती, रिश्तेदारों से भिड़न्त नहीं होती। ममा भी सहज हैं लेकिन उनकी बेटी का नाम बदल दिया गया। डॉ. स्वाति अब डॉ. स्वीट नहीं रही, डॉ. क्रूर, डॉ. खड़ूस, और डॉ. अकड़ू कही जाने लगी।

एक नयी, ओढ़ायी हुई पहचान मिल गयी उसे।

कैंसर से भिड़न्त, मरीज़ों से भिड़न्त, रिश्ते-नातों से भिड़न्त। इस कोलाज़मयी भीड़ के भिड़न्त ने डॉ. स्वीट की स्वीटनेस को कड़वा कर दिया। शायद इस कड़वेपन में स्वाति को ममा के इलाज के लिए काफ़ी समय मिला। उनकी सर्जरी सफलतापूर्वक कर दी गयी और लम्प को हटा दिया गया जो ब्रेस्ट के बाएँ हिस्से से जुड़ा हुआ था।

रिकवरी हो रही थी। लेकिन लगता था कि ममा के शरीर को कैंसर के इस आक्रमण ने पूरी तरह से निचोड़ लिया था। रिपोर्ट्स की अच्छी तरह जाँच-पड़ताल करके डॉ. शोभित ने फ़ैसला लिया कि ममा को कीमो की प्रक्रिया से गुज़रना होगा ताकि कोई कैंसर सेल पीछे रह गये हों तो वे भी ख़त्म हो जायें।

स्वाति जानती थी कि कीमो के बाद कई मरीज़ों को सम्हाल पाना मुश्किल होता है। हर इन्सान के शरीर की क्षमता अलग-अलग तरह से झेल पाती है कीमो की इस प्रक्रिया को। कैंसर के सेल ख़त्म हो जाने के बाद भी शरीर इतना कमज़ोर

हो जाता है कि सम्पूर्ण इलाज के बाद भी कभी-कभी रिकवरी कठिन होती है व उसी के दौरान रोगी की जान बचाना मुश्किल हो जाता है। डॉ. शोभित ने इस बात के संकेत दे दिये थे स्वाति को कि इलाज के बाद भी पचास प्रतिशत ही अवसर है।

इस समय उसकी मम्मी को एक बिटिया की, एक केयर-टेकर की, एक नर्स की, एक डॉक्टर की और एक कौंसलर की ज़रूरत थी। ये सारी भूमिकाएँ एक साथ स्वाति ही निभा रही थी। कौंसलर की भूमिका सबसे कठिन थी जब वह कई उदाहरण देकर मम्मी की इच्छाशक्ति को बनाये रखने का प्रयास करती थी। हटा दिये गये स्तन से किसी शारीरिक विकृति का आभास नहीं होगा उन्हें। वे चाहेंगी तो वहाँ नक़ली स्तन लगाया जा सकता है पर ख़ुद स्वाति की यह इच्छा है कि पहले मम्मी ठीक हो जायें, फिर इन सब बातों के बारे में सोच सकते हैं।

ये सब सुनकर मम्मी उदास होने लगतीं तो एक नया विषय खोजती जिससे उनका ध्यान बँट जाये। उनका मनोरंजन हो। मम्मी से उनकी ख़ास खाने-पीने की चीज़ों को बनाने के लिए पूरी विधि पूछती। इस क़वायद में मम्मी पूरी तरह से ऊर्जावान हो जाती थीं और पूरी हिम्मत से उसे समझाने का प्रयास करती थीं।

कुछ समय के लिए ममा का भय कम तो होता पर समय-समय पर वही भय अपना सिर फिर उठाने लगता। कीमो के बाद शरीर का क्षय डरावना था। यह कुछ इस तरह शरीर को चूस लेता है जैसे किसी आम का सारा रस चूसकर उसे वैसे ही छोड़ दिया जाये। स्वाति थी वहाँ हिम्मत बँधाने के लिए। उनकी ताक़त बनकर हर क्षण उनके साथ होती थी वह। कई उदाहरण थे उसके पास उन लोगों के, जो कैंसर से लड़कर फिर से अपना सामान्य जीवन जीने लगे थे। माँ को तो वह बहुत अच्छी तरह समझा देती थी। लेकिन सच्चाई को वह भी नकार नहीं पाती जो मरीज़ों की आँखों देखी हालत से कई बार गुज़रती थी।

कोई विकल्प नहीं था। हर तरह से तैयारी कर ली गयी थी कैंसर के हमले को झेलने की। इस समय शरीर को कैंसर मुक्त करने के अलावा और कुछ भी सोचा नहीं जा सकता था। कीमो प्रक्रिया के अलग-अलग सायकल शुरू हुए। हर एक के बाद माँ को देखना ख़ुद के लिए एक सजा के समान था। माँ का बोझिल शरीर धीरे-धीरे करके मशीनों का ग़ुलाम हो गया था। इस ग़ुलामी से मुक्ति के लिए ही यह सब कुछ हो रहा था।

अस्पताल के कमरे की खिड़की से नीचे देखती ममा तो छोटे-छोटे दिखते लोग उन्हें ऐसे चलते-फिरते दिखाई देते मानो वे कोई रोबाट हों जिन्हें कोई मशीन से चला

रहा हो। बोझिल मन सोचता–"काश मैं भी ऐसे ही चल-फिर सकती।"

अपने पैरों पर खड़ा हुआ आदमी, चलता-फिरता आदमी शायद यह तब तक नहीं सोच पाता कि वह कितना भाग्यवान है कि उसके पैर उसका वजन ढोने में सक्षम हैं, जब तक कि उसके पैर उसका भार झेलने से मना न कर दें।

अभी तो ममा की आँखें भी खुलतीं तो लगता कि उन्हें खोलने के लिए भी उनका शरीर अपनी पूरी ताक़त लगा रहा हो, इसके बावजूद आँखें खुल ही नहीं पा रहीं। हाथों की हलचल भी कम्पन तक ही रहती, आगे नहीं बढ़ पाती। होंठ कहते कुछ और सुनायी कुछ और देता। धड़कनें कभी तेज़ होतीं, कभी मन्द होतीं, अपनी बेबसी की कहानी कहतीं।

ये वही ममा थीं जिनके एक हाथ में चाक़ू होता सब्ज़ी काटने के लिए और दूसरे में अख़बार की ख़बरें होती थीं। पैर कभी स्टोव तक जाते तो कभी बाहर घूम कर पौधों का हालचाल पूछ आते। वे आँखें जो हज़ारों कामों की लिस्ट लेकर घूमती थीं, अब वे शून्य में ताक़ती रहती थीं। निर्विकार और नि:शब्द, शून्य के घेरे में क़ैद।

समय सबके घाव भरता ही है। ये घाव भी भर जायेंगे। धीरे-धीरे ही सब होगा, धैर्य में ही सबका हित था। अब जितनी ताक़त रह गयी थी, उससे तो वे एक क़दम चलने के लायक़ भी नहीं रही थीं।

इलाज की सारी आवश्यक पायदानें एक के बाद एक चढ़ी जा चुकी थीं। पूरी रिकवरी के बाद शरीर की प्रतिक्रिया क्या होगी, इसी पर सारा दारोमदार था। अगले कुछ दिन शरीर के संकेतों को सूक्ष्मता से परखने के लिए महत्त्वपूर्ण थे। सबसे अच्छी बात यह थी कि ममा की इच्छाशक्ति को बनाये रखने के लिए स्वाति थी। एक भरोसा था घर के डॉक्टर का जिसके द्वारा माँ की हर गतिविधि पर नज़र रखी जाती थी।

धीरे-धीरे वे उठकर बैठने लगीं। उनकी इच्छा होने लगी कि आज उपमा खाना है, आज आलू पराँठा खाना है। एक-एक निवाला उन्हें जब मिलता तो उनके चेहरे पर मुस्कान देखने लायक़ होती। ठीक वैसे ही जैसे शिशु किसी मीठी चीज़ का स्वाद चखकर चटखारे लेता है। थोड़ी-थोड़ी मात्रा में सब कुछ दिया जा सकता था। ममा जो करना चाहे कर सकती थीं। किसी कामेडी शो को देखकर हँसें, या फिर किसी हल्की-फुल्की फिल्म से अपना मनोरंजन करें।

अपने तई जितना भी किया जा सकता था, उतना सब कुछ कर पाने की तसल्ली थी स्वाति को। इसके बाद तो परिणाम जो भी हो, कमर कसकर तैयार रहना होगा।

इस तैयारी में कई बार बुरे ख़्याल आते, पिछले दिनों की बुरी यादें कचोटतीं जिनमें रिश्तेदारों को कड़वा दवाई का डोज़ पिलाने से लेकर ममा को कीमो दिये जाने की कसीली अनुभूति तक थी। मगर एक डॉक्टर का पेशा पूरी मदद करता।

जब ममा की दोबारा रिपोर्ट्स आयीं तो कड़वी दवाई का कुछ मीठा असर देखने मिला। रिकवरी सही दिशा में जा रही थी। एक कड़वी गोली का कसैलापन अगर मीठे परिणाम देता है तो उसे निगलने की समझदारी की डॉ. स्वाति ने।

अन्ततः लड़ाई जीती जा चुकी थी। कैंसर के सारे कीटाणुओं के ख़त्म होने की ख़बर मिल गयी। अब माँ स्वस्थ होकर घूमने-फिरने लगी हैं। रिश्तेदार अपने बच्चों को स्वाति का उदाहरण देने लगे हैं, कह रहे हैं–"देखो, सीखो स्वाति से।"

"क्या ग़ज़ब की हिम्मत वाली लड़की है!"

"अपनी मम्मी को मौत के मुँह से बचाकर ले आयी।"

"सचमुच, रात दिन एक कर दिया!"

"सन्तान हो तो हमारी डॉ. स्वीट जैसी!"

और डॉ. स्वाति को फिर से डॉ. स्वीट वाली उपाधि मिल गयी थी।

# स्ट्राइक

टीडीएसबी, टोरंटो डिस्ट्रिक्ट स्कूल बोर्ड की प्राथमिक शालाओं में स्ट्राइक की घोषणा हुई तो नन्हे छात्रों के माता-पिता ने इसे गम्भीरता से नहीं लिया। आमतौर पर बग़ैर स्ट्राइक के ही सरकार के साथ समझौता हो जाता था। बरसों से ऐसा ही होता आ रहा था लेकिन इस बार स्थिति कुछ अलग थी। पहली से लेकर पाँचवीं तक पढ़ रहे बच्चों के घरों में हलचल होने लगी, जब वाक़ई में शिक्षकों की स्ट्राइक की वजह से शहर के कोने-कोने में, बारी-बारी से स्कूल बन्द होने लगे।

एनिका बनाम एनी और उसके भाई रीड के स्कूल का इलाक़ा बीच में था, शहर के सेंटर में। यहाँ सप्ताह में दो बार स्ट्राइक होना तय हुई थी क्योंकि इस क्षेत्र के स्कूल बड़े थे व अध्यापकगण भी ज़्यादा थे। एक सप्ताह का समय जैसे-तैसे निकल गया। एनी और रीड के लिए स्कूल से छुट्टी मिलने का यह बिन माँगा तोहफ़ा था। एक बार मम्मी ने, एक बार पापा ने सिक लीव ली। अगले सप्ताह दोनों की ख़ास मीटिंग थी, एक से जुड़ी दूसरी। समय का तालमेल बैठाना मुश्किल हो रहा था। ग़ुस्सा और मजबूरी दोनों थे। शायद हर बच्चे के घर में यही हालत थी। सारे माता-पिता सोशल मीडिया पर अपनी नाराज़गी ज़ाहिर कर रहे थे।

बच्चों को घर पर सँभालने के लिए कौन-कैसे-कब घर रहे, यह समस्या छोटी नहीं थी। एनी तीसरी कक्षा में थी और रीड पहली कक्षा में। दोनों की पढ़ाई की चिन्ता बिल्कुल नहीं थी, चिन्ता थी तो घर पर रुकने की। लम्बी बहस के बाद मम्मी-पापा में तय हुआ कि आधे-आधे दिन का बँटवारा किया जाये–"आधे दिन से पहले तुम अपनी मीटिंग ख़त्म करो और आधे दिन के बाद मैं अपनी।"

पहले सप्ताह तो बच्चे ख़ुश थे, अनायास छुट्टी जो मिल रही थी। लेकिन दूसरे सप्ताह से फिर उसी घर पर रुकने वाली बात को वे पचा नहीं पा रहे थे। अपने दोस्तों के साथ की धमा-चौकड़ी याद आती, नाश्ते और लंच का ब्रेक याद आता, जब बर्फ़ से भरे मैदान में वे भरपूर मस्ती करते थे।

उनके सवालों की बौछारें शुरू हुईं। ख़ासतौर से तब, जब आज की ताजा हालत जानने के लिए पापा ने टीवी पर न्यूज़ चैनल लगाया। शहर की ख़ास ख़बर थी यह! समाचार चैनल इसे मुख्य समाचार के साथ बार-बार प्रसारित कर रहे थे। सारे शिक्षक लाइन से हाथ में बड़ी-बड़ी डण्डियों से लगे पोस्टर लेकर चल रहे थे। उस मार्च-पास्ट में रीड को उसकी क्लास टीचर दिखीं मिस कट्ट, जो अपने सुनहरे लहराते बालों को हैट से ढँककर, जैकेट पहने एक गोलाकार में चल रही थीं। उनके फर वाले बूट को अच्छी तरह पहचानता था वह।

"मिस कट्ट! एनी, देखो मेरी टीचर!" टीवी स्क्रीन पर मिस कट्ट को देखकर रीड बहुत ख़ुश हो गया। और इतने में वहाँ पहुँचे टीवी कैमरे ने इंटरव्यू लेना शुरू किया तो सामने एनी की टीचर थीं। वह दोगुने जोश से चिल्लायी–"मिस मिशैल, मेरी टीचर!"

कैमरे के सामने खड़ी मिस मिशैल एंकर को बता रही थीं–"जॉब कट की वजह से हमारी कक्षाओं में अधिक बच्चे हो रहे हैं। सरकार को हमारी माँगों पर ध्यान देना चाहिए। छोटे बच्चों के विकास का सवाल जुड़ा हुआ है।"

दोनों बच्चे बहुत ध्यान से उनकी बात सुन रहे थे। वे बहुत अच्छी टीचर हैं, सब जानते थे। सब बच्चे उनसे बहुत प्यार करते थे। फॉल व विंटर कांसर्ट में वे ही सब बच्चों से परफ़ॉर्म करवाती थीं। वे जो भी कहतीं बच्चों से, वह पत्थर की लकीर होता था। रीड और एनी के लिए सामने टीवी पर हो रहा यह प्रदर्शन एक नयी चीज़ था। दोनों के मन में यह समझने के लिए हलचल थी कि यह सब आख़िर हो क्या रहा है? टीचर कक्षा में न आकर बाहर ऐसे पोस्टर लेकर क्यों घूम रहे हैं!

पापा-मम्मी के सामने सबसे बड़ा सवाल मुँह बाये खड़ा था–"बच्चों को कहाँ छोड़ें?"

और बच्चों के सामने सवाल था–"क्या मतलब है स्ट्राइक का?"

पापा अपने आधे दिन की ड्यूटी घर पर पूरी करने के लिए आराम से सोफ़े पर बैठकर उसके बाद की मीटिंग की तैयारी कर रहे थे। बोले–"इसका मतलब है वे काम पर नहीं जायेंगे, यानी आपको नहीं पढ़ायेंगे, स्कूल नहीं आयेंगे।"

"क्यों," एनी हतप्रभ थी।

"क्योंकि उनकी कुछ माँगें हैं।"

"माँगें मतलब," रीड का छोटा दिमाग़ दौड़ रहा था।

"माँगें मतलब डिमांड।"

"क्या है उनकी डिमांड, पापा?"

"उनकी बहुत सारी डिमांड हैं, बेटा! उनकी सैलेरी बढ़ायी जाये यानी और पैसे दिये जायें। कक्षा में बच्चे कम हों। जॉब कट न हो।"

पैसों की बात पर दोनों का ध्यान अधिक था–"लेकिन और पैसे देगा कौन?"

"किसको दिखा रहे हैं ये पोस्टर?" रीड ने अपनी माथे पर लकीरें लाकर पूछा तो पापा को उस पर प्यार आ गया।

"ये सरकार को दिखा रहे हैं पोस्टर। सरकार बढ़ाये इनकी सैलेरी, यानी ये जो काम करते हैं न आपको पढ़ाने का, उसके पैसे बढ़ाये जायें।"

"सरकार क्या होती है, पापा?"

"सरकार में वे लोग होते हैं जो नियम-क़ानून बनाते हैं। इन्हें पैसे देते हैं, पूरे शहर का ध्यान रखते हैं।"

बच्चे ध्यान से टीवी देख रहे थे। उनकी अपनी-अपनी टीचर बार-बार स्क्रीन पर दिखाई दे रही थीं। वे पोस्टर लेकर अपनी चिर-परिचित मुस्कान के साथ गोल-गोल घूम रही थीं। पोस्टर पर कैमरा टिकता तो दोनों पढ़ने लगते–"जॉब कटौती नहीं, आपके बच्चों पर असर, कक्षा का साइज़ छोटा हो।"

और भी कई टीचर थे। मिस भी और मिस्टर भी, जिन्हें रीड और एनी नहीं जानते थे। तभी मिस्टर रॉड्रिक्स दिखे जो जिम में उन्हें बहुत अच्छी तरह बास्केटबॉल खेलना सिखाते थे। "हाहा देखो मिस्टर रॉड्रिक्स को," दोनों चिल्लाये।

समाचार पढ़ने वाली न्यूज़ एंकर बता रही थी कि इस बार टीचर्स यूनियन ने कठोर फ़ैसला लिया है। जब तक माँगें पूरी नहीं होंगी, वे सप्ताह में दो दिन कक्षा में नहीं जायेंगे। शायद पहली बार दोनों बच्चे बहुत ध्यान से समाचार सुन रहे थे। इस बात का अहसास उन्हें भी था कि उनकी कक्षा में भीड़ बहुत है। एक हेल्पर टीचर होने के बावजूद शोरगुल होता रहता था।

बार-बार यूनियन शब्द आने पर एनी ने पूछा–"पापा यूनियन क्या होती है?"

पापा के पास अभी आधे दिन का समय था। बच्चों को अच्छी तरह समझाने लगे–"यूनियन का मतलब होता है जब सब काम करने वाले मिलकर, एक साथ अपनी माँगों के लिए सरकार के पास जाते हैं। इतने लोगों के दबाव के सामने सरकार झुक जाती है और फिर उनकी माँगें माननी पड़ती हैं। यह एक हो जाने की ताक़त है।" पापा और भी बहुत कुछ बोल रहे थे। बच्चे कुछ समझ पा रहे थे, कुछ नहीं। कुछ पलों तक दोनों चुप रहे। फिर एनी का अगला सवाल उछलकर आया–

"तो अगर हमारी टीचर की सरकार है तो आपकी भी सरकार है क्या, जिनसे आप डिमांड कर सकते हैं।"

"हाँ, हमारी सरकार हमारे बॉस हैं। वे जैसा बोलते हैं, हमें वैसा करना पड़ता है। कभी-कभी हम सब मिलकर उनसे कुछ डिमांड करते हैं तो उन्हें देना ही पड़ता है।"

एनी चुप हो गयी। रीड बहुत ध्यान से कुछ सोच रहा था, बोला–"तो पापा, क्या मेरी और एनी की भी कोई सरकार है?"

"हाँ, बिल्कुल है।" पापा के चेहरे पर सरकारी अफ़सर का रोब झलक आया। मम्मी आधे दिन के लिए काम पर जा चुकी थीं सो पापा को पूरी आज़ादी थी अपनी धौंस जमाने की–"आपके पापा, आपकी सरकार हैं।"

रोब से कह तो गये पर अगले ही पल मम्मी का प्रश्नवाचक चेहरा सामने था। उन्होंने जल्दी ही यह कहकर अपनी ग़लती सुधारी–"मम्मी-पापा आपकी सरकार हैं। आपके लिये नियम-क़ानून बनाते हैं।"

"सरकार तो एक ही होती है न, पापा, तो कौन है हमारी सरकार, आप या ममा।" एनी पक्का कर लेना चाहती थी कि उनकी असली सरकार आख़िर है कौन, ममा या पापा!

"दोनों के पास अलग-अलग विभाग हैं, फ़िफ़्टी-फ़िफ़्टी।" पापा ने एक सधे हुए राजनीतिज्ञ की भाँति सधा हुआ कूटनीतिक जवाब दिया।

"ओके!"

अब दोनों बच्चे चुप हो गये थे। उनके दिमाग़ में क्या चल रहा था, वे क्या सोच रहे थे, इस पर पापा का ध्यान बिल्कुल नहीं था। एनी अपने से दो साल छोटे रीड को देख रही थी और रीड किसी सोच में डूबा था। बीच-बीच में दोनों एक-दूसरे को देख लेते थे। पापा ने टीवी बन्द किया तो दोनों इधर-उधर चीज़ें उठाते-पटकते समय काटने लगे। आधे घण्टे बाद रीड का मन मचलने लगा। उसे वीडियो गेम खेलना था। एनी भी बेचैन थी आईपैड पर अपना प्रोग्राम देखने के लिए। पापा पहले ही मना कर चुके थे कि या तो लायब्रेरी से लायी किताब पढ़ो, या फिर मैथ के कुछ सवाल करो। किताब लेकर दोनों बैठे तो थे पर पढ़ नहीं रहे थे।

यूनियन का कीड़ा कुलबुला रहा था शायद। तुरुप का पत्ता बच्चों के आमने-सामने खड़क रहा था। कुछ असामान्य-सा था, पिछले एक घण्टे से दोनों में कोई लड़ाई-झगड़ा नहीं हुआ था। कुछ खुसुर-पुसुर ज़रूर चल रही थी।

मम्मी अपने आधे दिन की छुट्टी पर घर आ गयीं तो पापा का समय ख़त्म

हुआ। वे चले गये ऑफ़िस अपनी मीटिंग निपटाने। रीड और एनी दोनों ने एक बार फिर से अपनी वीडियो गेम और आईपैड की माँग को दोहराया मम्मी के सामने। मम्मी ने डाँट दिया–"छुट्टी है, इसका मतलब यह नहीं कि दिन भर खेलोगे! और एनी पता है न, स्पेलिंग टेस्ट में कितने कम नंबर आये थे! जाओ नोटबुक लेकर आओ, स्पेलिंग देती हूँ। रीड चलो, आप भी अपनी नोटबुक लाओ।"

रीड-एनी दोनों के चेहरों पर ग़ुस्सा था। इनकार में सिर हिलाते, पैर पटकते दोनों ऊपर चले गये। मम्मी ऑफ़िस का काम निपटाने में उलझ गयी थीं। साथ ही, डिनर भी तैयार हो रहा था। थोड़ी देर बाद एनी आर्ट वर्क करने के लिए मार्कर, कैंची और कुछ सामान इधर-उधर से बटोरकर वापस ऊपर चली गयी।

शाम हो चली थी, पापा आ चुके थे। मम्मी ने अपना ऑफ़िस का काम ख़त्म करके डिनर मेज़ पर लगा दिया। मम्मी काम में ऐसी लगी थीं कि उन्हें ध्यान ही नहीं रहा कि पिछले दो घण्टों से बच्चों ने कुछ खाया नहीं है और दोनों को बहुत भूख लगी होगी। हालाँकि बच्चों की ओर से शान्ति थी। अब सहसा मम्मी के मन में कुछ खटका–"आख़िर बच्चे कर क्या रहे हैं ऊपर, काफ़ी देर से कोई फ़रमाइश नहीं आयी।"

खाना खाने के लिए दो बार आवाज़ लगायी मम्मी ने लेकिन कोई बच्चा नहीं आया। हैरान-सी मम्मी ग़ुस्से में ऊपर पहुँचीं, दन-दना-दन। ऊपर जाकर देखा तो वहाँ एक अलग ही नज़ारा था। दोनों बच्चे हाथों में दो-दो पोस्टर लिए घूम रहे थे। आकार-प्रकार में छोटे-छोटे वे पोस्टर आर्ट वर्क की स्टिक पर गोंद से काग़ज़ को चिपकाकर लगाये गये थे। काग़ज़ पर काटा-पीटी थी, पर पढ़ना आसान था। स्पेलिंग की ग़लतियाँ भी थीं, पर वाक्य पूरे थे।

एनी के हाथ में एक पोस्टर पर लिखा था–"डेज़र्ट में आइसक्रीम और चाकलेट दो।"

दूसरे पोस्टर पर लिखा था–"बेबी की तरह ट्रीट मत करो।"

रीड के हाथों में उसकी सदा की माँगें थीं "वीडियो गेम का समय बढ़ाओ", "जन्मदिन का तोहफा हम पसन्द करेंगे।"

चलते-चलते वे रुक जाते और फिर दूसरा पोस्टर उठा लेते, जिसमें लिखा था–"हमारी सरकार, हमारी माँगें पूरी करो।"

एक और पोस्टर ज़मीन पर लावारिस-सा पड़ा था जो शायद रीड ने एनी से पूछकर लिखा होगा मगर बाद में एनी ने उसे रिजेक्ट कर दिया होगा। उस पर रीड

के बड़े-छोटे बेतरतीब अक्षर थे। बावजूद इसके पढ़ना मुश्किल नहीं था–"प्ले-डैट हर सप्ताह"।

मम्मी हँसने लगीं, कुछ इस तरह कि थामे नहीं थम रही थी हँसी। तब तक नीचे पापा भी आ चुके थे। शोर सुनकर वे भी ऊपर आये और फिर जो दृश्य देखा तो दंग रह गये। गहरी मुस्कान के साथ अपने बच्चों की होशियारी पर सीना चौड़ा हो गया। मम्मी से कहने लगे–"सुबह तो मैंने सब कुछ बताया था इन्हें। वाह बच्चों, नक़ल में ज़बरदस्त अकल लगायी तुमने।"

और फिर पापा ने मम्मी को बताया कि सवेरे टीवी पर टीचर को देखकर कितने सवाल पूछे थे बच्चों ने, और कितनी अच्छी तरह हर सवाल का जवाब देकर समझाया था। अब वैसे ही नक़ल कर रहे थे बच्चे।

"नक़ल नहीं है, मिस्टर पापा, ये तो हमारी माँगें हैं, हमारी सरकार से।"

लीडर बनी एनी ने घोषणा कर दी–"अगर हमारी ये माँगें पूरी नहीं हुईं तो कल स्कूल नहीं जायेंगे और खाना तो बिल्कुल नहीं खायेंगे।" बच्चों के मुँह पर मुस्कान तो थी मगर साथ-साथ निश्चय भी नज़र आ रहा था।

"यस, नो फ़ूड।" रीड ने फ़ूड शब्द पर ज़ोर देकर कहा। भूख तो लग रही थी उसे पर एनी की चेतावनी याद थी–"स्ट्रांग रहना, फ़ूड के नाम से पिघलना मत।"

"नो फ़ूड! यानी हंगर स्ट्राइक!" मम्मी की दुखती रग पर हाथ रखा था बच्चों ने। जानते थे कि मम्मी को चैन नहीं पड़ता जब तक वे दोनों खाना न खा लें।

मम्मी मुस्कुराते हुए लालच देने लगीं–"पता है, आज मैंने रीड का फ़ेवरिट पास्ता बनाया है।"

रीड, जो यह सुनते ही टेबल पर आ जाता था खाने के लिए, उसने देखा तक नहीं मम्मी की ओर। बच्चों का मुँह देखकर लग रहा था कि बच्चे सिर्फ़ खेल नहीं रहे हैं, गम्भीर हैं अपनी माँगों को लेकर। मम्मी हैरान थीं, पापा भी। उनकी सरकार यूनियन के घेरे में आ गयी थी। कितने चालाक हैं बच्चे, जानते हैं कि इस समय सब कुछ मान लिया जायेगा। मम्मी उन्हें भूखा नहीं देख सकतीं।

बहरहाल, सरकार तो सरकार है, चाहे देश की हो या घर की। यूनियन के दाँव-पेंचों से निपटना हर सरकार को आता है।

मम्मी-पापा सीधे-सीधे नहीं मान सकते थे सारी माँगें। सरकारवाला तेवर उनके चेहरों पर था। निगोशिएट करना ज़रूरी था। जो बच्चों को सिखाया था उससे पलट भी नहीं सकते थे। स्ट्राइक के बारे में, शांतिपूर्ण प्रदर्शन के बारे में जो कुछ समझाया

गया था, अब वही हक़ीक़त बनकर सामने था। मम्मी कह रही थीं पापा से–"इतना भी समझाने की क्या ज़रूरत थी। हर चीज़ का अच्छा-ख़ासा लेक्चर दे दिया होगा तुमने।"

"मैं तो बच्चों को सिखा रहा था।"

"तुम्हें मालूम होना चाहिए कि ये हमारे बच्चे हैं। बहुत स्मार्ट! अब भुगतो और चलाओ अपनी सरकार।"

"देखो, अब चिड़चिड़ाने से कुछ नहीं होगा। शान्ति से बच्चों की बात को समझना होगा वरना अगली बार कुछ समझायेंगे तो वे समझना ही नहीं चाहेंगे।"

आपसी सहमति से मम्मी-पापा तैयार हुए बातचीत के लिए। किचन की टेबल पर बच्चों की सरकार यानी मम्मी-पापा थे। ऑफ़िस की टेबल पर जनता यानी रीड और एनी थे, फ़ैसले की घड़ियों का इंतज़ार कर रहे थे। हैरानी तो इस बात की थी कि जो बच्चे लड़े बग़ैर थोड़ा समय भी नहीं निकाल पाते थे, वे दोपहर से संगठित होकर ऐसी खिचड़ी पका रहे थे कि कुछ पता ही नहीं चला कि वे दरअसल क्या करने वाले हैं। मम्मी-पापा की हालत उस सरकार जैसी कर दी थी जो माँगें मानने के लिए मजबूर हो जाये।

आख़िरकार फ़ैसला हुआ, हर माँग का जवाब तैयार किया गया–"डेज़र्ट में, सप्ताह में दो दिन आइसक्रीम और दो दिन चाकलेट होगी, बाकी के दिन कुकीज़ और क्रेकर्स ही मिलेंगे।"

"बेबी की तरह ट्रीट नहीं करेंगे पर दोनों को अपने काम ख़ुद करने होंगे।"

"आईपैड का समय एनी के लिए अब पच्चीस मिनट होगा टोटल, और रीड के लिये बीस मिनट।"

"जन्मदिन की गिफ़्ट के बारे में जो बच्चे कहेंगे, वही ख़रीदा जायेगा।"

यूनियनबाज़ी में पड़कर मम्मी-पापा अपने विशेषाधिकारों को तिलांजलि नहीं दे सकते थे। प्ले-डैट बढ़ाने की माँग तो सामने आयी नहीं थी, पोस्टर ज़मीन पर ही पड़ा था। फिर भी रीड को चेतावनी दे दी गयी कि प्ले-डैट नहीं बढ़ायी जायेगी। कुछ माँगें मान ली थीं, कुछ नहीं। सारी मान लेने से ग़लत सन्देश जाता सो निगोशिएट करके सख़्ती से कहा गया–"बस, इससे ज़्यादा कुछ नहीं।"

रीड-एनी दोनों ने आँखें मिलायीं, मानो कह रहे हों–"अब अगली बार, जितना मिला है अभी मान जाओ।"

एक और बात पापा ने समझायी थी उन्हें कि सारे समझौते लिखित होते हैं ताकि दोनों पक्ष अपने-अपने नियमों का ध्यान रखें। इसी के मद्देनज़र एनी नोट्स लेती जा रही थी। बीच-बीच में कई शब्दों की स्पेलिंग भी पूछ रही थी। जो-जो मम्मी-पापा ने माना, उस पर हस्ताक्षर लिये गये उनके। दोनों बच्चों ने भी शान से हस्ताक्षर किये। पहली बार अपने नाम लिखने में उन्हें समय लगा। मम्मी की आँखों में उस समय प्यार ही प्यार झलक रहा था जब वह बहुत सलीक़े से, जमा-जमाकर अपना नाम लिख रहा था–"रीड'।

समझौता लागू हो गया।

बच्चों ने एक-दूसरे से हाइ-फाइव किया। जो बात-बात पर तू-तू-मैं-मैं करते रहते थे, वही आज एक होकर यूनियन के नेताओं की तरह अपने अधिकारों के लिए सजग हो गये थे। मम्मी-पापा सिर हिलाते, आँखों-आँखों में एक-दूसरे से कह रहे थे कि उनकी जनता सतर्क हो गयी है। अब उनका प्रशासन यूनियनबाज़ी के घेरे में आ गया है। हालाँकि, बच्चों की तत्काल ग्राह्य-क्षमता व होशियारी से ख़ुश थे दोनों।

बच्चों के चेहरे जीत की आभा से दमक रहे थे। अपने आईपैड और वीडियो गेम्स का समय बढ़ने की ख़ुशी झलक रही थी दोनों के चेहरों पर। खाने की मेज़ पर स्वादिष्ट पास्ता मुँह में था। डेज़र्ट में आइसक्रीम मिलना तय था। आँखें एक-दूसरे से कह रही थीं–"आहा, यमी पास्ता! यमी हंगर स्ट्राइक!"

अगले दिन शहर के हर स्कूल को बन्द रखने के आह्वान के साथ शहर भर के सारे शिक्षक मैदान में थे। सरकारी अधिकारियों से हुई मीटिंग किसी नतीजे पर न पहुँच पायी थी। अपनी माँगें न माने जाने का ग़ुस्सा था उनके चेहरों पर। बच्चे घर में थे। आज पापा ने पूरे दिन की छुट्टी ले ली थी। टीवी चल रहा था और ब्रेकफ़ास्ट भी। टीचर अपना मार्च-पास्ट कर रहे थे। कल की तरह आज सब कुछ शान्त नहीं था। बहुत भीड़ थी। बातचीत की विफलता से प्रदर्शन के उग्र होने का अन्देशा स्वाभाविक था। शायद इसीलिए पुलिसवाले भी अधिक थे। प्रदर्शनकारियों ने विरोध की पिकेट लाइन बना ली थी। वे उसी सीमा में चक्कर लगा रहे थे।

अचानक इक्का-दुक्का शिक्षकों ने पिकेट लाइन पार करके अन्दर जाने की कोशिश की। उन्हें रोकने के प्रयास में कुछ लोगों ने हल्ला मचाया। आवेश में संयम का बाँध टूट गया। सब कुछ इतनी तेज़ी से हुआ कि भगदड़ मच गयी। पुलिसवाले चारों ओर फैल गये। रीड और एनी हतप्रभ-से यह सब टीवी पर देख रहे थे। रीड की टीचर मिस कट्ट को घबराते हुए भीड़ में दबते देखा। शायद गिर गयी थीं। एनी

की टीचर मिस मिशैल पुलिस को दोनों हाथों से आगे बढ़ने से रोक रही थीं। बच्चे अब डर रहे थे कि उनकी टीचर के साथ यह क्या हो रहा है!

टीवी की स्क्रीन का हडकप बच्चों की आँखों में नज़र आने लगा था। पापा समझ रहे थे, दिलासा दिया–"देखो बेटा, जब भी कोई सीमा लाइन होती है तो उसका ध्यान रखना पड़ता है। पिकेट लाइन वह सीमा थी जिसे किसी ने तोड़ा, इसलिए यह सब हुआ।"

"किसने तोड़ा, मिस कट्ट ठीक तो हैं?"

"जो सुन नहीं रहे होंगे उन्होंने ही तोड़ा होगा।" एनी ने अपनी समझ से कहा।

पापा ने दोनों की घबराहट दूर करते कहा–"हाँ बिल्कुल। मिस कट्ट ठीक हैं। डरने की कोई बात नहीं, बेटा! आपस में एकता होना चाहिए। एक होकर ही कुछ पा सकते हैं। दोनों ओर से समझौता न हो सके तो धीरज रखना पड़ता है।"

पापा को ठीक से समझ नहीं पाने का साफ़ संकेत दोनों के हाव-भाव से नज़र आ रहा था।

पापा ने उदाहरण देकर समझाना चाहा–"कल आपने स्ट्राइक की थी। अगर रीड पास्ता के लालच में चुपचाप खाने की मेज़ पर आ जाता तो आपकी स्ट्राइक वहीं ख़त्म हो जाती। रीड ने एनी का साथ दिया। यह यूनिटी थी न आपकी। किसी ने नियम नहीं तोड़ा।"

एनी ने सिर हिलाया। रीड सहम गया था–"एनी, हम अब स्ट्राइक नहीं करेंगे।"

बच्चों ने जो देखा उससे पापा का मन खिन्न था। बच्चे अपने शिक्षकों को देखकर हैरान थे। शिक्षक अपने साथियों को देखकर हैरान थे। पुलिस इन सुशिक्षित लोगों के व्यवहार को देखकर हैरान थी। ज़माना ज़रूर बदला था मगर प्रवृत्ति नहीं। सत्ता का वर्चस्व था, बग़ावत की बू भी थी। अनुशासन का पाठ था, नियमों के उल्लंघन करने का परिणाम भी था। टीवी के बन्द होते ही पापा और बच्चे अपने तई सहज होने की कोशिश करने लगे।

जाने-अनजाने ही दोनों ओर से पिकेट लाइन खींच दी गयी थी, एक पीढ़ी से दूसरी पीढ़ी तक।

# शून्य के भीतर

शहर के पास एक पशु-पक्षी विहार था जिसकी बहुत तारीफ़ सुना करते थे। भारत से एक मित्र का आगमन हुआ तो सोचा उन्हें घुमाने ले जाने की शुरुआत यहीं से की जाये। सुबह का नाश्ता करके जब हम वहाँ पहुँचे तो गेट पर एक बड़े-से बोर्ड पर यह नियम लिखा हुआ नज़र आया कि–"पशु-पक्षियों को कुछ भी न खिलाया जाये। प्रवेश के लिए कोई टिकट नहीं है। अगर आप स्वयं दान के इच्छुक हैं तो करिए मगर इस पशु-पक्षी विहार की कहानी पढ़िए या सुन लीजिए।"

हम गेट से अन्दर दाख़िल होकर आगे बढ़ने लगे। बीच में बने लम्बे गोलाकार रास्तों से गुज़रते हुए कई जीवों की एक अलग दुनिया दिखी। दायीं ओर तारों के अन्दर की तरफ़ विचरते कई अलग-अलग तरह के पशु दिखाई दिये। अपने-अपने समूहों में अपनी-अपनी सीमाओं में। रास्ते के बायीं ओर कई पेड़ों पर बैठे अनगिनत परिन्दे थे जो अपने लिए बनाये गये उस जंगल में प्राकृतिक जीवन जी रहे थे। इन पंछियों की चहचहाहट के साथ ही तमाम अलग-अलग तरह की आवाज़ों से माहौल प्रतिध्वनित हो रहा था।

पशु-पक्षियों की मस्ती देखकर लग रहा था कि उनकी यहाँ पर बहुत देखभाल की जाती है। हर तरह के पशुगृह थे। बिल्लियों के लिए अलग घर था, कुत्तों के लिए अलग और रैकून के लिए अलग। इस अनुपम प्राकृतिक स्थल पर अलग-अलग प्रजाति के इतने जानवरों को एक साथ देखना एक अलग ही तरह का अनुभव था।

थके-हारे एक जगह बैठे और अपने साथ लाये नाश्ते के सामान को ख़त्म किया। हालाँकि यहाँ विचरना बहुत ही ख़ुशनुमा अनुभव था लेकिन घूमते-घामते अब थकने लगे थे। यह पहले ही निश्चित कर लिया था कि वह कहानी पढ़ने के बाद ही वहाँ से निकलना है। कुछ लोग ऑडियो सुनने में व्यस्त थे तो कुछ लोग

बैठकर पढ़ते हुए बातें भी कर रहे थे। मेरे मित्र ने ऑडियो सुनना शुरू किया और मैं पढ़ने लगी।

कुमुडी कहते थे सब उसे। सुनने में तो कुमुडी बड़ा अजीब-सा लगता है पर नाम किस तरह बिगड़कर नया रूप ले लेते हैं, इसका यह अच्छा उदाहरण था। यह कुमुडी श्रीलंका में पैदा हुई, बचपन में ही माता-पिता के साथ न्यूज़ीलैंड में बस गयी थी और नौकरी मिलने पर आ पहुँची थी कैनेडा के टोरंटो शहर में।

कहाँ से निकला बीज, कहाँ जाकर उगा और फिर कहाँ जाकर इसका विस्तार हुआ!

देशों की विविधता के अनुरूप ही उसके नाम ने भी विविध रूप लिये। कौमुदी से कोमुडी, कुमुड़ी और फिर कुमुडी। उसकी जड़ें श्रीलंका से जुड़ी थीं, अत: यह जानना आसान था कि उसके घर में तमिल बोली जाती होगी। यह नाम तमिल, संस्कृत या फिर हिन्दी से आया, यह तो भाषा-विज्ञान जानने पर उसका परिवार मूलत: तमिल भाषी ही था।

कई भाषाओं और संस्कृतियों के मेलजोल से बने इस प्यारे-से नाम ने अनेक देशों की सीमाओं को पार करते हुए नया आयाम ले लिया था। हिन्दी-तमिल भाषियों की अंग्रेज़ी बोलने की शैली थोड़ी अलग होती है जिसे सुनकर कुछ लोग हँसते हैं, कुछ उसका मज़ाक़ बनाते हैं लेकिन ऐसे नामों का कचरा करने में अंग्रेज़ी भाषियों का कोई सानी नहीं। कौमुदी का नाम अब कुमुडी था।

खैर, इस बात से कुमुडी को कोई आपत्ति नहीं थी क्योंकि स्कूल से लेकर अब तक, कैरियर की उच्च पायदान तक उसे कुछ इसी तरह अलग-अलग नाम से बुलाया जाता रहा। नाम में रखा भी क्या था! वह तो हमेशा अपने काम से जानी जाती रही। उसका व्यक्तित्व कौमुदी नाम को सार्थक करता था।

बेहद शालीन, सौम्य, सहज, सरल होने के साथ ही, बहुत ही समर्पित, निष्ठावान डॉक्टर। जो भी करती पूरे मन से। अपनी ख़ास शैली में दस मिनट के काम में तीस मिनट तक ख़र्च कर देती। फिर अगला काम, फिर अगला काम, इस तरह उसके कई काम उसकी प्रतीक्षा करते रहते। एक के बाद एक पेंडिंग कामों की सूची बढ़ती जाती।

इसमें उसकी कोई ग़लती नहीं मानी जाती थी क्योंकि जब वह काम ख़त्म होता तो परिपूर्ण होता था। उसके सारे मरीज़ बहुत ख़ुश रहते। वह सदैव अपना सर्वश्रेष्ठ देती और इस प्रक्रिया में उसे जो तृप्ति मिलती, वह अमूल्य थी। समय की इस मारामारी से निपटने में देर रात तक जागकर काम करना पड़ता। शरीर थक जाता, दिमाग़ सोचने की क्षमता गँवाने लगता तब कहीं जाकर वह सोती। तिस पर उसकी तबीयत, शरीर का अंग-अंग विद्रोह कर देता, लेकिन उसके काम पूरे नहीं हो पाते थे।

उसके अपने विभाग में "आज कुमुडी नहीं आयी", "फिर से नहीं आयी' "अजीब बात है, इतनी बीमार कैसे हो जाती है" "बीमार है, बताया तो था' जैसे जुमले प्राय: सुनाई पड़ते।

अस्पताल के स्टाफ़वाले एक समर्पित डॉक्टर के लिए "यह हर रोज़ कैसे बीमार हो जाती है" जैसे सवाल उठाते तो ये सवाल ही रह जाते क्योंकि जवाब सबको मालूम था। सब उसके प्रशंसक ही थे। उसके काम करने की धीमी गति सहकर्मियों को चुभती ज़रूर किन्तु इसके बावजूद वे उसे पसन्द करते थे।

उसका समर्पण स्वयं बोलता था, एक़दम नि:स्वार्थ एवं निश्छल। सब उससे प्यार करते। वे मदद का एक हाथ उसकी ओर बढ़ाते तो वह दोनों हाथों से उनकी मदद में लग जाती। तकनीक तेज़ी से बदल रही थी। उसे कई बार अपने युवा मातहतों से बहुत कुछ पूछना पड़ता परन्तु सीखने में कभी उसे संकोच नहीं हुआ।

उसके स्टाफ़ को एक ही दु:ख था कि वह कभी कुछ कहती नहीं थी, जब कि नितान्त अकेली थी। जीवन के लगभग पच्चीसवें बसन्त से पचासवें बसन्त तक अपने कन्धों पर सबका बोझ उठाये चलती रही। घर में बड़ी होने से घर का सारा दायित्व उसने अपने ऊपर ले लिया था। बूढ़े माता-पिता के साथ-साथ युवा होते भाई-बहनों की भी चिन्ता थी।

टोरंटो से न्यूज़ीलैड की उड़ान कई दफ़ा महीने में दो बार हो जाती। वह चाहती तो उसे न्यूज़ीलैंड में भी नौकरी मिल जाती किन्तु उसे कैनेडा से, कैनेडियन सिस्टम से बहुत लगाव हो गया था। इतनी जुड़ गयी थी इस ज़मीन से कि इसे जीवन भर के लिए अपनी कर्मभूमि स्वीकार कर लिया था। यह देश उसके लिए जैसे सुविधाओं की बरसात लेकर आया था। वह इसे छोड़ना नहीं चाहती थी। परिवार के प्रति उसकी चिन्ता देखकर सब हैरान होते।

एक पैर टोरंटो में और दूसरा पैर ऑकलैंड में। एक वरिष्ठ डॉक्टर होने के नाते अच्छी कमाई के बावजूद उसके पास पैसों की कमी ही रहती क्योंकि उसके वेतन

का एक बड़ा हिस्सा कैनेडा से न्यूज़ीलैंड की उड़ान में ज़ाया हो जाता। कई बार उसके कन्धे इस शारीरिक और आर्थिक बोझ को उठा पाते, कई बार न उठा पाते। कन्धों की क्षमता से बेख़बर वह एक के बाद एक तमाम ज़िम्मेदारियाँ उठाती गयी और हर क़दम के साथ शरीर को भार से बोझिल होते देखकर भी उपेक्षा करती रही। माता-पिता की मृत्यु के बाद दोनों भाई बहनों को सेटल करने में पाँच-छह साल लग गये। अब भाई-बहन अपने-अपने बच्चों के साथ अपने परिवार में व्यस्त हैं।

इसी सब में वह कब पचपन के पड़ाव तक आ पहुँची, पता ही न चला। पचपन साल की उम्र में ही पैंसठ के ऊपर की दिखने लगी है। युवावस्था में अच्छे रिश्ते आते रहे। लड़के डैट पर बुलाते पर उन दिनों ज़िम्मेदारियों की लम्बी फ़ेहरिस्त होती थी उसके पास। उसकी दुनिया में माता-पिता, भाई-बहन के अलावा कोई और अपनी जगह ही न बना पाया। माता-पिता अब रहे नहीं, भाई-बहन अपनी ज़िन्दगी में आगे बढ़ गये।

सच पूछा जाये तो आज भी वह उनकी छोटी से छोटी परेशानी को अपने माथे लेने में नहीं हिचकती और कई घण्टों का सफ़र करके उनके पास पहुँच जाती। वे चाहें, न चाहें उनकी मदद करती, शारीरिक-मानसिक के साथ आर्थिक भी। बहन से हमेशा मिलने वाली मदद के कारण भाई-बहन हर छोटी बात पर उसकी सलाह लेते और वह उस समस्या को स्वयं ही हल कर देती। नेकी और पूछ-पूछ! भाई-बहन को फ़ायदा उठाना आता था, सो उठाते रहे। यह सब करते-करते कितने बरस बीत चले!

दुनिया आगे की तरफ़ दौड़ती रही और उस दौड़ में वह बिल्कुल अकेली पड़ती गयी। अपने बारे में सोचने का समय नहीं मिला कभी। इधर स्वास्थ्य ने भी संकेत देने शुरू कर दिये। वह अपने शहर टोरंटो में ही काम करती रही। अस्पताल के कई विभागों से सम्बद्ध थी। नौकरी के दौरान जितनी व्यस्त लोगों के साथ रहती घर में उतना ही अकेलापन होता। सिर्फ़ वह और घर की दीवारें।

अब वह उम्र के उस मोड़ पर थी जहाँ उसकी मदद के लिए किसी को होना चाहिए था। लेकिन कौन करता मदद? जिनकी मदद वह करती रही, वे सब बहुत दूर थे। वे यूँ भी कभी आये नहीं उसके पास। वही मदद का हाथ बढ़ाये दौड़ी चली जाती थी। वे कभी फ़ोन भी नहीं करते। अमूमन इस उम्मीद से वही फ़ोन करती कि उसके अकेलेपन को समझकर शायद कभी वे कहें–"दी, यहीं आ जाओ।"

"आ जाओ दी अब, आपकी बहुत याद आती है।"

"अब आपको इतनी दूर रहकर नौकरी करने की ज़रूरत ही नहीं।"

मगर ऐसा कभी हुआ ही नहीं। भाई-बहनों में किसी को भी उसने इस बात का अहसास नहीं होने दिया कि उसके मन में क्या चल रहा था। यह भी नहीं कि अब उसे भी किसी की मदद की ज़रूरत है। अन्दर ही अन्दर मन मसोसकर रह जाती। उनसे बात करने के बहाने ढूँढ़ती लेकिन "कैसे हैं", "क्या चल रहा है" जैसी बातों से आगे कोई बात ही न हो पाती। फ़ोन रखने के बाद देर तक वह फ़ोन को घूरती रहती। मानो फ़ोन ने साज़िश की हो कि जो वह सुनना चाहती है, न सुन पाये।

दिन बीतते रहे, तबीयत कुछ ज़्यादा ही ख़राब हुई तो लम्बी छुट्टी ले ली लेकिन किसी को बताया नहीं कि वह इस क़दर बीमार है। अब धीरे-धीरे उसके घुटने जवाब देने लगे। कन्धों में लगातार दर्द रहने लगा। लम्बी छुट्टी के बाद भी ठीक होने के आसार नज़र नहीं आ रहे थे। अब उसे सिक लीव लेकर घर पर रहना अपनी ग़ैरज़िम्मेदारी लगने लगी थी। वह जानती थी कि काम पर उसकी अनुपस्थिति से और लोगों को कितनी तकलीफ़ हो रही होगी। जब तक वह छुट्टी पर रहेगी तब तक वे किसी को उसकी जगह भी नहीं दे सकते।

सोच-विचार के बाद उसे अपनी कर्तव्यपरायणता इसी में दिखी कि कंपलसरी रिटायरमेंट ले ले। इससे उसे अच्छी-ख़ासी पेंशन तो मिलेगी ही व एक पैकेज भी मिलेगा जो उसकी आगे की ज़िन्दगी के लिए पर्याप्त होगा। इस फ़ैसले के क्रियान्वित होने में कोई परेशानी नहीं हुई। सब कुछ आसानी से हो गया। उसके अपने भीतरी दरवाज़े तो बन्द ही थे, अब दरवाज़े से बाहर की दुनिया के तमाम लोगों के दरवाज़े भी उसके लिए बन्द होते गये।

एकाकीपन में ख़ुद अपने लिए अजनबी-सी हो गयी थी वह। जैसे जानती ही न हो कि वह कौन है और कहाँ है! सर्वत्र मौन पसरा रहता। बोलता भी कौन! टीवी ज़रूर चिल्लाता रहता। पर उसे सुनने का जी नहीं करता। चुप्पियों में रहना अब एक अनिवार्यता थी।

जल्दी ही उसे लगने लगा कि अब उसकी दुनिया शून्य हो चुकी है। सिर्फ़ वह है और उसके भीतर एक ख़ाली घेरा है जिसमें सिर्फ़ शून्य ही शून्य भरे पड़े हैं। एक के बाद एक, एक दूसरे को लीलते हुए।

एक सहकर्मी ने कुछ सालों पहले सुझाया था कि उसे एक बच्चा गोद ले लेना चाहिए। तब वह अपने भाई-बहन के परिवारों को बसाने में इतनी व्यस्त थी कि उसे ऐसा कुछ सोचने की ज़रूरत भी नहीं पड़ी। आज जब ज़रूरत है तो बच्चा पालने की उम्र नहीं रही। बहुत सोच-विचार के बाद उसने एक बिल्ली पालने का निर्णय लिया।

प्यारी-सी चितकबरी बिल्ली जल्द ही उसके ध्यान का केन्द्रबिन्दु बन गयी। अब वह बिल्ली की चिन्ता में घुली रहती। सुबह-शाम एक ही ख़याल रहता कि "बिल्ली ठीक तो है।" यह मूक जानवर उसके अकेलेपन का साथी तो था मगर उसे मदद भी तो चाहिए थी। वह बिल्ली भला कुमुडी की क्या मदद कर सकती थी?

"बिल्ली ने ठीक से खाया नहीं।"

"वह रात में ठीक से सोयी नहीं।"

"उसे डॉक्टर के पास ले जाना है।"

बस इन्हीं चिन्ताओं में अब वह स्वयं को व्यस्त रखने लगी। कई रातों तक बिल्ली के टहलने पर वह उठ जाती, कुछ खिलाती, थर्मामीटर लगाकर चैक करती कि कहीं उसे बुख़ार तो नहीं। रात में न सोने के कारण कई बार दिन में झपकी लग जाती और उसी समय फ़ोन की घंटी घनघनाती। सोचती शायद भाई या बहन ने फ़ोन किया होगा। बड़ी आशा से फ़ोन उठाती तो वह कॉल मेडिकल चेकअप के लिये होता या फिर कोई प्रमोशन कॉल होता।

ऐसा नहीं था कि भाई-बहन की उदासीनता से वह बेख़बर थी। कभी-कभी उसे ये लगता कि काश, अपने बारे में भी कभी सोचा होता! ये सारी बातें मन में आतीं किन्तु इन्हीं के साथ यह ख़याल भी विचारों में चला आता कि भाई-बहन ख़ुश हैं। उन्हें कोई परेशानी नहीं है, इसीलिए उसे भी ख़ुश ही रहना चाहिए। अपने लिखे को मिटाने में असमर्थ पाती।

उसकी सोच अब पूरी तरह बिल्ली के साथ थी। इस तनहाई में बिल्ली से बातें करती। अपनी सुनाती, उसकी भी सुनती। दोनों का खाने का समय एक था, सोने का भी। बिल्ली तो बिल्ली ठहरी। बीच-बीच में उठकर चल देती, वह बेचैन हो जाती। सोचती, कुछ ग़लत तो नहीं हो रहा जो बिल्ली भी मेरा साथ नहीं दे रही! बहरहाल, कहीं तो किसी की उपस्थिति थी जो उसे कुछ करने के लिए ऊर्जा दे जाती।

एक दिन सुबह का नाश्ता प्लेट में था पर खाने का मन नहीं था। फेंकने के बजाय ब्रेड के टुकड़े बाहर डाल आयी ताकि भूखे प्राणियों को कुछ खाना मिल सके। पलटकर दो क़दम ही चली थी कि कुछ चिल्लपों सुनायी दी। देखा तो सामने से एक फुर्तीली गिलहरी किलकते हुए उस तरफ़ आ रही थी, जहाँ ब्रेड के टुकड़े रखे थे।

चौड़ी-सी मुस्कान आ गयी कुमुडी के चेहरे पर। यह ऐसी ख़ुशी थी कि अन्दर तक उस गिलहरी की किलकारी गूँज रही थी। वह अपनी चोंच में जितने ब्रेड के टुकड़े दबा सकती थी, दबाकर भागी। फिर लौटकर आयी और अपनी चोंच में कुछ

टुकड़े दबा कर भागी। जब तक वह वापस आती, एक छोटा-सा, सहमा-सा रैकून का बच्चा आया डरते-डरते। बड़े रैकून लोगों को डराते थे, डरते नहीं थे। यह बच्चा रैकून था। किसी को डराने की कला अभी इसने सीखी नहीं थी। कुमुडी ने अन्दर आकर फ्रिज में पड़े चावल निकाले और एक प्लास्टिक के कटोरे में डाल दिये उसके लिए। वह मुँडेर पर आकर बैठा और खाकर चला गया।

अगले दिन वे दोनों ठीक उसी समय आये। कुमुडी को लगा कि दिन में एक बार खाना देना, यह तो न्याय नहीं है उनके साथ। अब, जब भी वह कुछ खाती उनके लिए वहाँ डाल देती। वे कहीं से सहसा ऐसे प्रकट हो जाते मानो उसके दरवाज़ा खोलकर बाहर आने की प्रतीक्षा ही कर रहे हों। यह सिलसिला अब दिन में तीन बार बिना नागा चलता।

अब खाने के लिए उससे कुछ पाने की उम्मीद लगाये तीन ऐसे प्राणी थे जो प्यार से उसे एकटक निहारते थे। कुछ इस तरह चले आते थे जैसे आमन्त्रित अतिथि हों और खाकर उछलते हुए वापस लौट जाते। वह बिल्ली को अपने साथ ले आती और उनके साथ खेलने की कोशिश करती। बातें करती, इतना ध्यान देती कि इनकी दूसरी माँ बन जाती। इन दो दिनों में उसे बहुत अच्छे से नींद आयी। तीसरे दिन उसकी अपनी खिड़की से झाँकता हुआ एक प्यारा-सा पपी दिखा। शायद अपने घर से भटककर उसके पिछवाड़े से अन्दर चला आया था।

वह उसे नहीं देखना चाहती थी पर वह खिसका नहीं वहाँ से, भूखा जो था।

"तुम जाओ। मैं तुमसे प्यार नहीं कर सकती। तुम मुझे छोड़कर चले जाओगे जब तुम्हारे घरवाले आ जायेंगे।"

लेकिन वह वहीं अड़ियल की तरह डटा रहा। हिला ही नहीं।

"वादा करो कि तुम नहीं जाओगे, दस्तख़त करते हो तो आ जाओ।"

सचमुच कुमुडी ने दरवाज़ा खोलकर एक पेपर रख दिया पपी के सामने। वह जल्दी से अन्दर आया और उस पेपर पर अपना पैर रख दिया। वह ख़ुश हो गयी, मानो किसी ने उसकी आत्मीयता को स्वीकार कर लिया हो। यह पपी घर से बाहर नहीं जाना चाहता था। शायद जिस घर से बिछड़ा था वह कुछ ऐसा ही दिखता होगा।

बिल्ली को अच्छा नहीं लगा उसका आना। वह दौड़-दौड़कर कुमुडी से चिपट रही थी। लेकिन कुमुडी उसे समझाती जा रही थी– "तुम उसके साथ खेलना, वह तुम्हारा दोस्त बनेगा।" वह गेंद उछालती तो पपी दौड़कर ले आता। बिल्ली भी धीरे-धीरे खेलने लगी।

अब कुमुडी थी और ये चारों प्राणी थे। गिलहरी रोज़ दिन में तीन बार उसी समय आ जाती। पहला समय वही था जब उसने पहली बार वहाँ ब्रेड के टुकड़े

फेंके थे और घूमते-घामते उसने आकर उन्हें खाया था। कैसी घड़ी फिट होगी उसके मस्तिष्क में! रैकून वैसे तो कचरों के डिब्बों से खाना खाता था पर ठीक उसी समय आता जिस समय पहली बार कटोरे में चावल डाले थे उसके लिए।

न तो उन्हें घड़ी के काँटों की पहचान थी, न समय की, लेकिन खाना देने वाले की पहचान उन्हें थी। मनुष्यों से अधिक वफ़ादार जानवर होते हैं, सुना तो था, उन चारों के अपनेपन के कारण देख भी लिया। वे अपने-अपने समय पर आते, उससे आँखें मिलाते, अपना तोहफ़ा लेते और आवाज़ें निकालते हुए लौट जाते। मानो उसे दुआ दे रहे हों।

कम से कम एहसान फरामोश हरगिज़ नहीं थे वे। वह सोच रही थी कि जब कभी उसकी मृत्यु होगी, कम से कम ये चार आँसू तो उसे कन्धा दे ही देंगे। बिल्ली, रैकून, गिलहरी और पपी, इन सबका एक परिवार बन गया था यह। दो घर में रहते थे, दो मेहमान की तरह आते व चले जाते।

अब न्यूज़ीलैंड की यात्रा बन्द थी। पेंशन के पैसों से गुजारा हो रहा था लेकिन फिर भी बचत काफ़ी थी। उसके मन में इस परिवार की चिन्ता थी कि अगर उसे कुछ हो गया तो इनका क्या होगा। वह वसीयत बनाना चाहती थी कि जब वह न रहे तो उसका जमा पैसा, इतना बड़ा घर, गाड़ी सब कुछ इनके पालन-पोषण के लिए ख़र्च हो। उन्हें एक घर देना चाहती थी, ठीक वैसा ही जैसा अपने भाई-बहन को दिया था। ये कम से कम उसकी अनुपस्थिति को महसूस करेंगे तो उसका अपना जीवन सफल हो जायेगा। उन सबकी आँखों में एक-दूसरे के लिए प्यार ही प्यार था। कुमुडी में उन बेज़ुबानों के लिए और उन बेज़ुबानों में कुमुडी के लिए।

प्रथम पशु-पक्षी विहार की शुरुआत हुई तो इस कहानी को सुनकर बहुत डोनेशन मिलने लगा। आज 'कुमुडी' नाम से ऐसे कई पशु-पक्षी गृह खोले जा चुके हैं जिनमें कई जीवों को शरण मिली है। इन अपनों से बतियाती कुमुडी अब बेज़ुबान है; तस्वीरों में क़ैद, मगर इन सबके लिए आज भी वह बोलती है, उन्हीं की अपनी भाषा में।

उसका अपना शून्य का घेरा अब बहुत बड़ा हो चुका है। शायद कह रहा है कि शून्य का घेरा हमेशा शून्य नहीं होता, भीतर से फैलता है तो एक नयी दुनिया बसा लेता है।

कहानी ख़त्म होते ही मेरे अन्दर कुछ कुलबुलाने लगा। मेरे हाथ बरबस सामने रखे डोनेशन बॉक्स की ओर बढ़ गये। सामने बैठे मेरे मित्र का ऑडियो भी ख़त्म हो चुका था और हाथ अपने वालेट को ढूँढ़ रहे थे।

# उल्कापिंड

शान रावल नाम था उसका। मेरे विभाग में अभी-अभी आया था। साउथ एशियन कल्चर की कक्षाओं के लिए नयी नियुक्ति थी। मैं भाषा विभाग से सम्बद्ध थी। मेरी भाषा भी साउथ एशियन क्षेत्र से थी, इसीलिए हमारा विभाग एक-दूसरे से जुड़ा हुआ था। ऑफ़िस परिसर से लेकर मीटिंग परिसर तक, और यहाँ तक कि हमारे कक्षा हॉल भी अड़ोसी-पड़ोसी थे।

हम दोनों एक बिन्दु से निकले दो अलग-अलग दिशाओं वाले कोण थे। उसकी जड़ें भी भारत से थीं, मेरी भी। उसकी जड़ों पर पनपा पेड़ अंग्रेज़ था। पत्ते-डालियाँ सब अंग्रेज़ थीं। मेरा फला-फूला, समूचा अस्तित्व निहायत देसी था। उसे अंग्रेज़ी में कल्चर पढ़ाना था और मुझे हिन्दी।

एक बड़ा अन्तर यह भी था कि वह ऑक्सफ़ोर्ड ग्रेजुएट 2017 था और मैं विक्रम ग्रैजुएट 1987। तीस साल का वह अन्तर सोच में था, बोलने-चालने के ढंग में था, व्यक्तित्व में था, आत्मविश्वास में था। जहाँ नयी तकनीक और नये प्रयोग मुझे सहज नहीं रहने देते, वहीं उसका नूतन ज्ञान, असीम आत्मविश्वास से लबालब था।

मेरे उच्चारण पूरी तरह भारतीय थे, उसके पूरी तरह ब्रिटिश। अंग्रेज़-अंग्रेज़ी के साथ दुश्मनी का भाव मेरे भीतर तक कूट-कूट कर भरा हुआ था जो किसी भारतीय अंग्रेज़ को देखकर दोगुना हो जाता था। उसे देखते ही मेरे मन में उथल-पुथल मच जाती। जन्मजात दुश्मनी गुणित होकर अन्दर हिलोरें लेने लगती।

यानी कुल मिलाकर हम एक-दूसरे के नख-शिख तक विलोम थे। गहन अन्तर के साथ भी हम अच्छे सहकर्मियों की तरह दोस्त बनने की कोशिश कर रहे थे। मेरी और उसकी दोस्ती संयोग नहीं, मजबूरी थी। हमारी इमारत में कुछ निर्माण-कार्य चल रहा था, इसलिए हमें अन्यत्र ऑफ़िस मुहैया करवाये गये थे। स्थानाभाव के कारण दो लोगों के बीच ऑफ़िस शेयर करना ज़रूरी हो गया था। हम दोनों की कक्षाओं

के अलग-अलग समय को देखते हुए विभाग ने मेरे साथ उसे ऑफ़िस शेयर करने के लिए दिया।

समस्या यह थी कि मेरे ऑफ़िस के समय में भी वह "बस जा रहा हूँ" कहकर अपना काम करता रहता। रुकने की वजह भी देता–"मैं घर जाकर क्या करूँ, कोई नहीं है वहाँ। यहाँ कम से कम कुछ परिचित चेहरे तो दिख जाते हैं।"

मैं सहमति में सिर हिला देती। हालाँकि मेरी आज़ादी में जो दख़ल होता उसे स्वीकार नहीं पाती। वह समय होता मेरे इत्मीनान से खाना खाने का। सामनेवाली कुरसी पर पैर फैलाकर गरम कॉफ़ी की चुस्कियों के साथ ख़बरें पढ़ने का। उसकी वजह से मैं अपना खाने का डिब्बा तक नहीं खोल पाती कि कहीं खाने की गन्ध उसे मेरी बदसलूकी न लगे।

वह बात करने के लिए उत्सुक रहता। मैं उसका अंग्रेज़ी बोलने का ढंग देखकर ही चारों खाने चित्त हो जाती। अपनी हिन्दी डिग्री के सामने ऑक्सफ़ोर्ड का तमगा ही बहुत था मुझे डाउन करने के लिए। हालाँकि उससे कोई प्रतिस्पर्धा नहीं थी। न नौकरी जाने की, न ही किसी संकट के आने की। "तू तेरे घर, मैं मेरे घर।" उम्र का भी ज़मीन-आसमान का फ़र्क़ था। वह मुझसे कम से कम पच्चीस साल तो छोटा होगा ही। इस लिहाज़ से हम दोनों को एक-दूसरे से कोई लेना-देना नहीं था, सिवाय नमस्ते के आदान-प्रदान के।

वह हमेशा व्यस्त दिखाई देता। इतना व्यस्त कि उसके कन्धों पर मुझे दुनिया टिकी दिखती। सामने रखा विश्व का ग्लोब गोल-गोल घूमता उसके क़ीमती काले ब्लैज़र की डिज़ायनिंग के साथ। कक्षा में भी दौड़ता हुआ पहुँचता। मैं इत्मीनान से अपना काम करती, अपनी चाय के लिए समय निकाल लेती। कुछ चुटुर-पुटुर खाती भी रहती।

उसका सूट-टाई वाला सशक्त व्यक्तित्व, गोरा मुखमण्डल, काले घने बाल, मेरे पुरानी शैली के कपड़े व सफ़ेद होते बालों से रोज़ टकराते। एक युवा, वाक्पटु, आकर्षक नवयुवक जिसने अंग्रेज़ी भी कहाँ से पढ़ी, अंग्रेज़ों के घर से! उसके छात्र उसे कितना पसन्द करते होंगे, यह मैं अनुमान भर लगा पाती।

वह मुझे सम्मान देता लेकिन मैं उसे अपमान की तरह लेती। यह मेरा और उसका टकराव नहीं था। यह तो हिन्दी और अंग्रेज़ी का टकराव था। अपने देश के बिलियन लोग न रोक पाये इस टकराव को तो भला मैं अकेली कैसे रोकती।

वह कहता–"मेरी ब्रिटिश अंग्रेज़ी कैनेडियन छात्रों के लिए मुश्किल है।"

मैं कहना चाहती–"नेचुरली, आधी बार तो बेचारे समझ ही नहीं पाते होंगे कि क्या कहा गया है।"

नहीं बता पाती उसे कि आपकी कही बात को समझना मुश्किल है। उससे बात करने में मैं भी उतनी तेज़ी से बोलने जाती तो जल्दी में, भूले-भटके, हिन्दी के शब्द बोल देती। वह मेरा चेहरा ताक़ता रह जाता। उसे अंग्रेज़ी में दोहराते हुए मैं अपने आप को ज़मीन में गड़ा पाती।

मेरी हिन्दी मदद करने लगती। "अ आ इ ई" मेरे सामने आकर दिलासा देते कि हमें सीखना भी कोई आसान काम नहीं है। हम तो कुल मिलाकर चवालीस हैं, इनके पास तो बस छब्बीस हैं। मैं सोचती, सचमुच मुश्किल तो मेरी भाषा हुई, उसकी तो दुनिया की सबसे आसान भाषा है। दुनिया का हर आदमी किसी न किसी रूप में अंग्रेज़ी सीख ही लेता है, फिर चाहे फ़ोन पर हो या किसी भी तकनीकी डिवाइस पर। इतनी आसानी से हिन्दी सीखकर देखे!

यह सब मैं मन ही मन दोहराती क्योंकि इन सब चीज़ों के बारे में उससे बहस करने के लिए मेरे पास पर्याप्त शब्द नहीं होते। शब्द होते तो भी उच्चारण नहीं होते। जैसे-तैसे उच्चारण कर भी लेती तो उसके कान समझने से इनकार कर देते। इन सब झमेलों से बचने के लिए मैं अपने आप को चुप ही रखती।

वैसे भी अपने हिन्दी-प्रेम ने मुझे जलील करने में कोई कसर न छोड़ी थी। घूम-फिरकर दिमाग़ में वे पल चक्कर लगाते जब हिन्दी-वाले ही मेरे हिन्दी-प्रेम की बखिया उधेड़ने में पीछे न रहते। हिन्दीदाँ मुझसे पूछते–"डू यू वर्क?"

"आय डू।"

बस इसी एक वाक्य में मेरा ग़ज़ब का "कांफिडेंस" दिखता। यह मुझे हमेशा गिरजाघर के पादरी की याद दिलाता जो सामने खड़े दुल्हा-दुल्हन को पति-पत्नी घोषित करने से पहले यही सुनना चाहता–"आय डू"; नहीं बोलोगे तो कुँवारे ही रह जाओगे। मुझे लगता कि मैं जल्दी से 'आय डू' नहीं बोली तो 'हाउसवाइफ़' बना दी जाऊँगी। हसबैंड की वाइफ़ बनना तो मैं स्वीकार कर चुकी पर हाउस की वाइफ़ बनना बिल्कुल स्वीकार नहीं था।

"कहाँ काम करती हैं आप?" प्रश्न हिन्दी में बदल जाता। एक अंग्रेज़ी के प्रश्न से टेस्ट करना होता कि सामनेवाला अपनी बराबरी का है या नहीं।

"जी, मैं यूनिवर्सिटी में पढ़ाती हूँ।"

"अरे वाह, क्या पढ़ाती हैं आप?"

उनके चेहरे का जोश एकाएक मुझे गौरवान्वित कर देता। मैं गर्व से कहती– "हिन्दी।"

"ओह।" एक ठण्डी–सी ओह निकलती। यूनिवर्सिटी सुनकर उन्हें जो जोश आता, वह हिन्दी सुनकर फुस्स हो जाता।

मैं अपने आत्मसम्मान की रक्षा का भरपूर प्रयास करती–"हिन्दी, अंग्रेज़ी में पढ़ाती हूँ।" इस आशा में कि उनका मुखोभाव कुछ बदलेगा।

कोई बदलाव नहीं आता उनके चेहरे पर। कुछ कहा जाता, मन-मन में। शायद कुछ ऐसे–"अ आ तो पढ़ाती है, कौन सा तीर मार लेती है।"

मैं अनकहा समझ लेती। पसीने से मेरे छक्के छूटने लगते। ये धोनी या सचिन के छक्के नहीं जो लगते हैं तो लोग तालियाँ बजाते हैं। ये तो छूटने वाले छक्के हैं जो लोगों के चेहरे पढ़कर छूटते हैं। एयरकंडीशंड कमरों में पसीने के साथ छूटते हैं।

ये पसीने की बूँदें मैं हिन्दी के उस अथाह समन्दर को समर्पित कर देती जो मेरी जीवन–नौका को पार लगाता है। मैं उन्हें बता नहीं पाती कि हिन्दी मेरे लिए क्या है! मेरा पैशन है, मेरा प्रोफ़ेशन है, मेरा जुनून है, मेरा सुकून है! इतना सब कुछ होते हुए भी हर जगह मैं नीचा ही देखती रहती। और कोई होता तो मैं कभी ऐसा महसूस नहीं करती पर जब भी अंग्रेज़ी से टक्कर होती तो यही हाल होता।

ऐसा भी नहीं कि अंग्रेज़ी मेरे लिए काला अक्षर भैंस बराबर है। अपने बच्चों को पढ़ायी है। अब चाहे वे मुझसे आगे निकल गये हों परन्तु नींव तो मैंने ही डाली थी। तो फिर ऐसा क्या था जो इस नवयुवक को देखते ही मुझे कचोटता था। शायद उसकी ऑक्सफ़ोर्ड की डिग्री मुझे चुभती थी। इस बन्दे का अंग्रेज़ी अदब व शब्दों को उच्चारण करने का तरीक़ा मुझे हमेशा चिढ़ाते। कुल मिलाकर इस अंग्रेज़ शख़्सियत का पूरा का पूरा 'कॉम्बो' मेरी आँख की किरकिरी बन चुका था।

मैं और मेरा आत्मविश्वास रोज चकनाचूर होते।

वह नया था। मेरे अनुभव के सामने कल का छोकरा था। पढ़ाई ख़त्म करने के बाद यह उसकी पहली नौकरी थी। मैं सालों से पढ़ा रही थी। उसे जितना साउथ एशियन कल्चर के बारे में किताबी अंग्रेज़ी ज्ञान था, उससे कहीं अधिक मुझे व्यावहारिक ज्ञान था। पर इस बिन्दु पर वह सब मेरे लिए नगण्य था।

कुछ ख़ास था तो वह था, उसका अंग्रेज़ी का ज्ञान। मेरे उस ज्ञान पर उसके शब्द जो अंग्रेज़ी की नज़ाकत के साथ पेश आते तो मुझे लगता कि वह एक बड़ा विद्वान है और मैं इस सदी की सबसे बड़ी मूर्ख। ऐसे अंग्रेज़ोंवाले उच्चारण थे कि

समझने के लिए मुझे अपने कानों को सतर्क होने की चेतावनी देनी पड़ती। बावजूद इसके आधा सिर के ऊपर से निकल जाता।

ऐसा लगता जैसे कानों ने इस काम को करने से इनकार करके दिमाग़ को सौंप दिया हो–"जो सुन नहीं पाये, उसे खँगालो और बुद्धि से पता करो कि क्या कहा होगा।" न जाने आख़िरी अक्षर मुझे सुनायी नहीं देते या फिर वह उच्चारता ही नहीं था। 'गोइंग' का 'गो' तो सुनायी देता बाकी सब हवा हो जाता। 'कलर' का 'कल' सुन पाती पीछे का 'र' उड़ जाता।

मैंने कई बार उसकी तरह उच्चारण करने का अभ्यास किया। आख़िरी के अक्षर ग़ायब करने की पूरी कोशिश की परन्तु लाख चाहने पर भी आदत बदल न पाती। अंग्रेज़ी के हर शब्द का, हर अक्षर का उच्चारण शुरू से आख़िरी तक बराबर होता। अपने देश में तो न जाने कितनी भाषाओं की आपस में टक्कर होती है पर अंग्रेज़ी जैसी हिन्दी की दुश्मन है वैसी शायद किसी और भाषा की नहीं होगी।

उसका बोलने का अन्दाज़ देखकर ग़ुलामी के कई वर्ष सामने आ जाते और वैमनस्य की गाँठों को मज़बूत करते। भाषाओं का टकराव असल में उस सोच से टकराव था जो अंग्रेज़ी राज से मिली थी। हम दोनों की तनख़्वाह में अन्तर था। सीनियर होने के सारे फ़ायदे मेरे पास थे। सब कुछ था, अगर कुछ नहीं था तो वह थी ऑक्सफ़ोर्ड की डिग्री।

इसी बोझिलता को पीठ पर लादे तीन महीने निकल गये। परीक्षाएँ शुरू होने वाली थीं। हम सब व्यस्त थे। एक दिन वह उदास था। जब कारण पूछा तो उसने बताया कि कल वह कुछ छात्रों के साथ क्लब गया था। सोचा परीक्षा के पहले उन्हें थोड़ा घुमा लायेगा।

छात्रों के साथ क्लब? मैं हैरान थी। छात्रों के साथ क्लब कौन जाता है! लेकिन कुछ कह न पायी। नया जमाना है। मुझे शायद नहीं पता होगा। इनके 'सिस्टम' से अनभिज्ञता दर्शा कर मैं बेवक़ूफ़ बनना नहीं चाहती थी।

"क्लब ही नहीं मिस जिया ख़ूब पी भी ली थी।"

"छात्रों के साथ आपने शराब पी!" अब मैं अपनी अल्पबुद्धि को बाहर आने से रोक न पायी।

"क्लब में कोई कोक पीने तो जाता नहीं न!"

"हाँ, सच कहते हो। मैं भी कितनी 'सिली' हूँ!" आधुनिकता का जामा न पहन पाना यूँ जलील कर रहा था मुझे।

“वे बहुत आग्रह कर रहे थे। यहाँ मेरा कोई है भी नहीं, सब यूके में हैं। अकेलापन महसूस करता हूँ। मैंने सोचा थोड़ा ‘चेंज’ अच्छा है।”

मैं उसका मुँह देख रही थी। सहमति में सिर भी हिलाती जा रही थी।

“और शराब के नशे में किसी लड़की से कुछ कह बैठा। उसका मित्र साथ था, वह ग़ुस्सा हो गया।”

मैं तब भी इस बात की गम्भीरता को समझ नहीं पा रही थी। सामान्य बातचीत के तौर पर ले रही थी उसे। वह कहने लगा–“मुझे आशंका है कि मामला कहीं तूल न पकड़ ले।”

इतना सुनने के बाद तो मैं पूरी तरह से आधुनिक होने के रंग में थी–“अरे ये तो सामान्य बातें हैं, ऐसा कुछ नहीं होगा इत्मीनान रखें।” गले से नीचे न उतरने के बावजूद मैं अब बदले हुए चोले में थी। अपनी छिछली सोच को खूँटी पर टाँग चुकी थी।

दो दिन बीत गये, वह दिखा नहीं। तीसरे दिन जब आया तो घबराया हुआ था। पूछने पर बताया–“उस लड़के ने शिकायत कर दी और आज विभागाध्यक्ष ने बुलाया था। मैंने अपना पक्ष रखा लेकिन मुझे नहीं लगता कि मैं उन्हें यक़ीन दिला पाया।”

मैं फिर भी डगमग नहीं हुई। उससे कहा–“अरे ऐसे ही आपसे जानने के लिए बुलाया होगा कि क्या हुआ था। आप परेशान न हों।”

अगले दिन उसने ऑफ़िस में क़दम रखा। आँखों की गीली पोरों के साथ मुझे बताया कि उसके ख़िलाफ़ विभागीय जाँच के आदेश दे दिये गये। मेरा माथा ठनका। इतने दिनों से की जा रही उपेक्षा का ढोंग ख़त्म होकर असलियत सामने आने लगी। फिर भी कहीं था मन में–“कुछ नहीं होगा। बुद्धिजीवी है, मेरी तरह कमज़ोर नहीं है। बचा लेगा अपने आपको।”

अब मैं महसूस करने लगी थी कि अन्य प्रोफ़ेसर हमारे ऑफ़िस की ओर घूरते हुए गुज़रते हैं। सिक्योरिटी गार्ड भी हमारे दरवाज़ों पर नज़र रखता है। धीरे-धीरे पता लगा कि छात्रों में यह मुद्दा तूल पकड़ने लगा है। गर्मी भभकने लगी है जिसकी आँच परिसर में दिखाई देती। जगह-जगह छात्रों के झुण्ड पोस्टर लेकर घूम रहे होते। विभाग ने उसकी कक्षाएँ लेना बन्द करवा दिया। आन्दोलन ज़ोर पकड़ने लगा। सुगबुगाहट हर ओर थी। इसी के चलते एक दिन, एक छात्र ग़ुस्से में आकर उसे चाँटा मारकर चला गया। वह तब से ग़ायब था। कहीं अता-पता नहीं था उसका।

परीक्षाओं के ठीक पहले होने वाली यह उथल-पुथल किसी के लिए भी हितकर नहीं थी। न पढ़ने वालों के लिए, न पढ़ाने वालों के लिए। मैं यह कल्पना कर रही थी कि कैसे छात्र ने हिम्मत करके उसके गाल को लाल किया होगा। उसके बाद कैसे उसने घबराकर अपना गाल सहलाते हुए अपने आपको सँभाला होगा और तेज़ी से वहाँ से चला गया होगा।

ये सब सोचते हुए मेरा दाहिना हाथ मेरे गाल को सहलाने लगा। शायद चाँटा मैंने भी मारा था, ख़ुद को। अपने डगमगाते आत्मविश्वास को। अपनी सोच को, जो निरन्तर मुझे नीचा दिखाती रही थी।

वह आया और चला गया। ऐसा लगा जैसे एक उल्कापिण्ड गिरा, पल भर की रोशनी दी और उसका अस्तित्व ख़त्म हो गया।

मेरा अपना आकाश अब मुझे कुछ ज़्यादा ही विश्वस्त लग रहा था।

# कूच

डॉक्टरों की सख़्त ताकीद है। पूरे एक सप्ताह तक बिस्तर में पड़े रहना है। अगर ये सात दिन पूरी तरह आराम कर लिया तो आठवें दिन से उन्हें घूमने की छूट मिल जायेगी और अस्पताल से छुट्टी भी। बेबसी में सात दिनों का इन्तज़ार क़तई बुरा नहीं लगा।

मरता क्या न करता!

आज सोमवार, पहला दिन है। सबसे बड़ी परेशानी यह है कि पड़े-पड़े दिन में कई बार झपकी लग जाती है। ज़्यादा तकलीफ़ तब होती है, जब रात में नींद न आये। यही हुआ। टुकड़ों-टुकड़ों में ली गयी झपकियों ने रात की नींद की खेप को हज़म कर लिया। सब लोग बत्ती बुझाकर चले गये थे। रात की ड्यूटीवाली नर्स और वार्ड बॉय गुड नाइट कहकर अपना फ़र्ज़ पूरा कर गये थे।

गुड नाइट सुनकर भला नींद आ जाती तो फिर क्या था!

आँखों में नींद न हो तो विस्मृत स्मृतियाँ ता-थई करने लगती हैं। दिल में कुहुक उठी। बीते दिन कहीं से उड़ते-गाते, हवा में तैरते, उनके बिस्तर तक चले आये। यहाँ परदेस की धरती पर उन्हें छूकर दिल को तरंगित करने लगे। ऊपर की छत को घूरती निगाहें अपने देश पहुँच गयी थीं, जब शादी करके शोना को घर लिवा लाये थे।

घर क्या था, चारदीवारी का एक कमरा था। उन दिनों घर में ज़रूरत की चन्द चीज़ों के अलावा कुछ नहीं होता था। दोनों पति-पत्नी एक दूसरे में सिमटकर एक पतली-सी गादी बिछाकर सो जाते थे; एक दूसरे के हाथों का सिरहाना बनाकर। नींद भी ऐसी आती थी कि दूधवाला खट-खट करता था तब घबराकर उठते थे। उन दिनों सोने के लिए कभी करवटें नहीं बदलनी पड़ती थीं। नींद जैसे आँखों की कोरों में खड़ी रहती थी कि कब आँखें मूँदें और गहरी नींद सो जाये।

वह समय नहीं रहा। न शोना है, न वह कमरा। यहाँ इतनी सुविधाएँ होने के बावजूद नींद के आगोश में नहीं पहुँच पाते। ऊँचा पलंग, गद्देदार तकिया और एयरकंडीशंड कमरा। करवटें बदल-बदलकर थक जाते हैं। एक-एक करके दोनों हाथ इनकार कर देते हैं–"अब तुम्हारा वज़न नहीं सह सकते।" चित्त होकर सोने में कमर बग़ावत कर देती। लगता जैसे चैन से सोना अब लिखा ही नहीं भाग्य में। बावला मन कहीं दूर चला जाता। इतनी दूर कि लौटकर आने में सारी रात निकल जाती।

अतीत कैसा भी हो, अच्छा या बुरा, 'पलेवण' करने को मन बेचैन हो जाता है। पलेवण साफ़-सफ़ाई से जुड़ा आँचलिक शब्द है। अपनी चीज़ों का मुआयना करके हवा दिखाना, साफ़ करना। मगर इसका असली अर्थ मन से जुड़ा है। उन चीज़ों को सहलाकर, उनसे बातें करके ऊर्जित होना। यह लोगों पर है कि वे प्यार से बातें करें या उन्हें छूकर बस देखते ही रहें।

उनके ख़ास मित्र विरही जी बता रहे थे–जब भी रात चुभती है, नींद न आने की झुँझलाहट परेशान करती है तब अपनी किताबें लेकर बैठ जाते हैं। प्यार से किताबों को देखते हैं। हर एक किताब का स्पर्श उन्हें वे सारी यादें दे जाता है, जब उन्होंने इस किताब को लिखने की योजना बनायी थी। एक-एक शब्द के लिए संघर्ष किया था; जब पाण्डुलिपि भेजी थी, जब छपकर आयी थी, जब इसकी चर्चा हुई थी।

उन बीते पलों में सुकून खोज लेता मन, और नींद आ जाती। हथेली के नीचे रखी किताबों की गर्मी से आँख ऐसे लग जाती कि सुबह ही खुलती। तब सवेरे उठकर भी रात के मीठे पल याद रहते–"सुनती हो, ज़रा देखो तो, तुम्हारे लिए यह कविता लिखी थी।"

"हाँ, याद है मुझे।" विरही जी पढ़ने लगते। राग से गाते हुए पत्नी की आँखों में देखते। वह नयी नवेली-सी शरमा जाती। तब सुबह की चाय और उसकी मुस्कान से एक नये दिन की शुरुआत होती। विरही जी के जीवन को खँगालते कई अच्छे-बुरे अनुभव एक के बाद एक फ़िल्म की तरह चलते रहे। किसी एक दृश्य में उनकी पलकें कब झपक गयीं, पता न चला। जब नींद खुली, तब सवेरा हो गया था।

मंगलवार-दिन में सफ़ाई कर्मचारी आते हैं। डॉक्टर आते हैं। नर्स चक्कर लगाती है। कभी ये तो कभी वो। कभी समय कट जाता है, कभी इस आवाज़ाही के बीच का समय भी भारी लगने लगता है। ऊपर की छत घूरते हुए भी तो मन कहीं रमना चाहिए। कौन सा क़िस्सा याद करे जिससे ऐसे तकलीफ़देह पलों की खीज मिटा सकें।

सामने से गुज़रता हट्टा-कट्ठा वार्ड बॉय उन्हें मामा जी की याद दिला जाता है। कुछ ऐसी ही क़द-काठी के थे उनके रईस मामा जी। बचपन में स्कूल की छुटिटयों में एकाध सप्ताह के लिए मामा के घर जाते थे। उनकी शान-शौकत ही अलग थी। पैसों की खनक मामा जी के चेहरे से लेकर घर के ज़र्रे-ज़र्रे में दिखायी देती थी। जिस दिन भी मामी देखतीं कि मामा जी बेवजह चिड़चिड़ा रहे हैं, तुरन्त कहतीं–"पट खोले बहुत दिन हो गये!"

तब मामा जी अपनी तिजोरी खोलकर बैठते। अपनी जमा सोने-चाँदी की क़ीमती चीज़ें अलटते-पलटते, अपने मालिकाना हक़ की कशिश महसूसते। अपने ग़रीबीवाले दिनों को याद करते। जब पास में कुछ नहीं था, जब रोटी के साथ कांदा खाकर दिन गुज़ारे थे। आज तो इतना कमा लिया है, इतना संचित कर लिया है, सोने-चाँदी के गहनों की वह चमक आँखों में जगमगाती। सोने के बिस्कुट बड़े कुरकुरे और लज़ीज़ स्वाद देते।

मामी के हीरों जड़े गहने उनके शरीर पर सजे नज़र आते। सजी हुई वह दुल्हन क़रीब आती प्रतीत होती। शोख और कमसिन आँखें, अपनी ओर खींचते लरज़ते होंठ। मामा जी का चिड़चिड़ापन रोमांस में बदल जाता। मामी को प्यार से देखते और कहते–"एक ख़ज़ाना अभी देखा, दूसरा देख रहा हूँ।" मामी विजयी मुसकान को समेटे काम में लग जातीं।

मामा जी की छवि ओझल हुई तो फिर से वही पलंग था और वही अस्पताल का कमरा। अब यहाँ बिस्तर पर कौन सा ख़ज़ाना उन्हें मिले कि उसे देखते रहें। अपने पौधे याद आते हैं। वे सारे पौधे जिनके कितने नये पत्ते हैं, कितनी कलियाँ हैं और कितने फूल आजकल में झरने वाले हैं; पूरा लेखा-जोखा उनके पास रहा करता था।

तब कितनी बातें करते थे! हर कली से पूछते थे–"तैयार हो खिलने के लिए?" कली अपनी मासूमियत-भरी मुस्कान देती। यहाँ के विदेशी कैक्टस और फूलों से भी जी भरकर बातें करते। देश-विदेश के पौधों में कोई अन्तर नज़र नहीं आता। एक ही प्रवृत्ति-आज खिला है, कल मुरझाने लगेगा। एकरूपता हर ज़मीन के लिए। पतझड़, बहार, हर मौसम की तासीर वही। कहीं कम तो कहीं ज़्यादा। आदमी की तासीर भी वही-इन्सानियत और हैवानियत। कहीं कम तो कहीं ज़्यादा। इन्सानियत को खोजते हुए थकी आँखें बन्द होने लगी थीं।

बुधवार-रोज़ के बजाय आज अच्छा लग रहा है। तीसरे दिन का आधा दिन लगभग बीत गया। इसकी एक ख़ास वजह है। आज अस्पताल में बच्चे आने वाले

हैं। आधा दिन बच्चों की प्रतीक्षा में और आधा दिन उनको देखते हुए निकल जायेगा। स्कूल से लौटकर आने के बाद दादा जी से मिलने के लिए केविन को लेकर आये बेटा-बहू। बच्चों से मिलने की ख़ुशी है।

एक दिन देख लो बच्चों को तो कई दिनों की प्यास ठण्डी हो जाती है। पोता केविन एक बार 'हाय दादाजी!' कहकर अपने खिलौनों के साथ खेलने लग जाता है। कहीं भी जाये, उसके तामझाम उसके साथ होते हैं। अपने कन्धों पर लटका उसका बैक पैक हमेशा उसके साथ होता है। शायद वह जानता है कि बड़ों की दुनिया में उसकी कोई जगह नहीं। अपने दोस्त खिलौने साथ होंगे तो उनसे बात करके समय काट सकता है।

घर पर भी ख़ूब धमा-चौकड़ी के बाद जब डाँट पड़ती तो अपने कमरे में चला जाता। अपने छोटे-मोटे सारे खिलौनों को लेकर बैठ जाता। उनसे बातें करता। उसके पसन्दीदा कैरेक्टर मारियो और लुईस उसके साथ होते। उन्हें हवाई जहाज़ में बैठा कर सैर कराता। उसे लगता, ये खिलौने ही उसके सच्चे साथी हैं। बात करते, हँसते, होंठों पर मुस्कान ले आते। घण्टे-दो घण्टे उनसे बतियाकर अपना ग़ुस्सा निकाल देता। कई गुना ऊर्जा वापस लौट आती।

कुछ देर बातें करके बच्चे चले गये। उनके जाने के बाद भी केविन के साथ बिताये पल याद आते रहे। जब उसके साथ वीडियो गेम खेलते कभी जीत नहीं पाते। केविन सिखाता–"अपने कैरेक्टर को बचाइए, दादाजी।" वे पूरी कोशिश करते, फिर भी उसे बचा नहीं पाते और हार जाते। उन्हें लगा कि वे मन ही मन प्रेक्टिस कर सकते हैं। उनके हाथ चलने लगे। वे बचते-बचाते खेल रहे थे, आख़िरी तक। ये क्या, आज वे जीत रहे हैं! जीत की मुस्कान होंठों पर थी व आँखों में एक तराशे हुए खिलाड़ी का गौरव। ख़ुशी में पलकें भारी होकर झुक रही थीं।

गुरुवार–जब वे ख़ुश होते हैं तब यहाँ विदेश की अच्छी यादों में खो जाते हैं। दुखी होते हैं तो मन ही मन अपनी धरती पर लौट जाते हैं। आज वे दुखी तो नहीं मगर बेचैन हैं। धीमी गति से समय कट रहा है। बेचैनी में एक बात सालती है कि अगर भारत में होते तो कई लोग उनकी तबीयत पूछने आते। बहुत सारा समय यूँ ही कट जाता।

वे ख़ुद भी तो अपनी दादी से मिलने, उनकी तबीयत पूछने कभी-कभार जाते थे। गाँव में दादी के लिए वह पुराना सन्दूक़ जैसे शान्ति का भण्डार था। उसे उठाते हुए दादी का ऐसा लाड़ उमड़ता कि सब कुछ भूलकर उस छोटी-सी पेटी में खो

जातीं। उसे खोलते ही बरसों पुरानी गन्ध दादी के नथुनों में समा जाती। कुछ मुड़े-तुड़े कपड़े निकलते। दादा जी का अँगोछा लेकर दादी प्यार से अपने गले में डाल लेतीं। मानो अँगोछे के दोनों सिरे दादा जी के हाथ हों, अपनी ओर खींचते हुए। उनकी टूटी ऐनक और इक्का-दुक्का मटमैली तस्वीरों को छूकर वापस रख देतीं।

जब उनसे बातें करके उठतीं तो मन का सारा मलाल बह जाता। जैसे कोई अपनी आपबीती कहकर, मन हल्का करके चला गया हो। उन पलों को याद करतीं, जब कई उमंगें लेकर उस देहरी में प्रवेश किया था। यह छोटा-सा घर ही उनकी पूरी दुनिया हुआ करता था। आख़िरी समय तक वे इतनी लाचार और बेबस हो गयी थीं कि घर की हर ईंट उन्हें अपना सिर फोड़ती नज़र आती, सिवाय उस सन्दूक़ के। वह बेजान पिटारा कई रोगों की अचूक दवा हो गया था।

दादी की मूँदती आँखों को देखते हुए बहुत सुकून मिल रहा था। इतना कि उनकी अलसायी पलकें झपकने लगीं और वे गहरी नींद के आग़ोश में समा गये।

शुक्रवार–आज एक ऐसा दिन है, जब सबको ख़ुश होना है। दीवाली की रात है। विदेश की दीवाली-होली सब समान होती है। दीवाली के दीयों की यादें कब की धूमिल हो चुकीं। कुछ याद करने के लिए मिलता नहीं। लगा, आज वे सबसे ग़रीब हैं। ऐसा कुछ है नहीं इस दुनिया में जो मन को राहत दे सके।

अस्पताल के अहाते में इक्का-दुक्का भारतीय लोग एक-दूसरे को दीवाली की मुबारकबाद दे रहे हैं। महज़ एक औपचारिकता निबाहते हुए फिर से अपने काम में मगन हो जाते हैं। साथ के कमरे से आवाज़ें आ रही हैं। लगता है, आज किसी और मरीज़ का परिवार मिलने आया है।

सामने टीवी चल रहा है जिसमें कोई आर्ट टीचर अपनी कलाकृतियों में रंग भरने की कला को आवाज़ दे रही है। अपने भाई की पोती की याद आती है जो बहुत अच्छी चित्रकार है। अभी दस वर्ष की है किन्तु उसके हाथ सधने लगे हैं। अभ्यास करते-करते वह अपनी कृतियों को आकार देने का भरसक प्रयास करती है।

कैनवास पर आड़ी-तिरछी लकीरें खींचती और अपनी उम्र की समझ के अनुसार बिखरे-बिखरे-से रंग भरती। वह उसकी अपनी दुनिया है। वह जैसे चाहे रंगों को आकार देती है। नारंगी रंग उसके लिए 'वॉर्म' रंग है, जबकि गहरा जामुनी रंग 'कूल' है। हरे रंग को वह हरा ही कहती है। कभी अपनी रचना को देख मुस्कराती है तो कभी असन्तुष्ट होकर अंजाम तक पहुँचाने से पहले ही फाड़कर फेंक देती है। यह उसकी अपनी जायदाद है। जिसे उसके अलावा कोई इस्तेमाल नहीं कर सकता।

रंगों की दुनिया के वे रंग उनके पलंग के आसपास चक्कर लगाकर आँखों के सामने एक इन्द्रधनुष-सा रच देते हैं। रंगों का बेहतरीन समावेश, जिसे आकाश की ऊँचाइयों तक देखते हुए, उन रंगों के पीछे भागती आँखें थककर मूँदने लग जाती हैं।

शनिवार–आज अपने दिमाग़ में वे पैकिंग करने लगे हैं। घर जाना है। कमरे में रखी चीज़ों का वाइंड अप करना है। इस क़ैद से मुक्ति मिल जानी है। बावजूद इसके मन प्रसन्न नहीं है। नींद के आसार नज़र नहीं आते।

मन कुछ ऐसा ढूँढ़ रहा है जिसमें चमक हो। वह चमक परावर्तित होकर उनकी आँखों में समा जाये। ऐसी चमक क्या हो सकती है! सिक्कों की चमक, करकराते नोटों की या फिर किसी और चीज़ की। भारत में जब उनका धन्धा जोर-शोर से चल रहा था तब नोटों की गड्डियाँ थोक में आती थीं। बैंक से आये नये नोटों की, एक के ऊपर एक रखी गड्डियों की लाइन शाम तक लम्बी हो जाती थी। दुनिया की हर लाइन के मुक़ाबले वह सबसे सधी हुई लाइन होती थी।

शायद उनका अवचेतन मन नोटों की गड्डियाँ देखना चाहता है। लेकिन देखें कैसे, अब वे लखपति ग़रीब हैं। जितना पैसा है, सारा कम्प्यूटर में एक्सेल फ़ाइल में है। खातों के नंबर और पासवर्ड के साथ। क्रेडिट कार्ड के प्लास्टिक के टुकड़ों में समाया पैसा आँखों को राहत नहीं देता। अपने सामने ढगला (ढेर) पड़ा देखने की तो बात ही कुछ और थी। क़ीमती चीज़ों का ढगला। नोटों का ढगला। अब सारे ढगले लॉकर में रखे हैं।

मन में लॉकर का वह डिब्बा घूमता है जिसमें ठूँस-ठूँसकर, जगह बना-बना कर क़ीमती चीज़ें डाल दी गयी थीं। बड़ी जद्दोजहद से बैंक पहुँचकर, अपनी हर एक याद को लॉकर में बन्द कर दिया था। उस लॉकर की वह चाबी किसी काम की नहीं थी कि उसे सहलाकर कुछ महसूस कर सकें। वह भी घर के किसी ड्रावर में मात्र एक लोहे के टुकड़े की तरह पड़ी रहती थी। क्रेडिट-डेबिट कार्ड के बित्ते भर टुकड़े को देखकर कुछ महसूस नहीं होता कि इससे कितना पैसा निकाला जा सकता है।

आँखों की अपनी प्यास बढ़ती है तो शरीर के दूसरे अंग भी अपनी-अपनी भूख-प्यास जताने लगते हैं। नाक को किसी गन्ध की प्रतीक्षा है। देस-परदेस की, किसी मिट्टी की गन्ध नहीं पहुँचती इस समय। उस पर बर्फ़ ने क़ब्ज़ा कर लिया है। सफ़ेदी को छितराते बर्फ़ के कणों से ठण्डक मिल सकती है, महक नहीं।

यहाँ अस्पताल में कोई पुरानी तस्वीर भी नहीं है। सब कुछ छोड़ आये थे। धरती

भी, और वहाँ की हर चीज़ भी। इस पल कुछ ख़ास करने की ज़रूरत थी। राहत की। संवेदना की। कुछ न ढूँढ़ पाये। यादों को ताश के पत्तों की तरह सफल करने की कोशिश भर कर सकते हैं। अच्छी यादें ज़िद्दी हो जाती हैं। मचलते बच्चे की तरह दूर-दूर छिटकती जाती हैं, गोद में आती ही नहीं।

इस समय वह क्षण चाहिए जिसमें खो जायें। माँ कहा करती थीं–"तू बहुत भावुक है, दिल को मज़बूत रखा कर।" हज़ारों बातें नहीं सुनीं माँ की क़िन्तु यह एक बात गाँठ बाँध ली। बेटे का विदेश जाने के लिए प्रमोशन हुआ तो भावुकता को ताक पर रख दिया। मज़बूती से बेटे के साथ जाने की बात सोच ली। सब बेच-बुचा दिया। सारी जायदाद पैसों में बदलकर बैंकों के खातों में चली गयी। भाई ने चेतावनी दी थी–"तू सब वाइंड-अप करके जा रहा है, अगर विदेश में अच्छा न लगा तो?"

"अच्छा क्यों न लगेगा! वैसे भी अब उमर हो रही है। दौड़ा-दौड़ी न होगी मुझसे।"

उस समय विदेश का जुनून ही कुछ और था। विदेश गमन की दमित इच्छा बेटे ने पूरी कर दी थी। एक बेटे के अलावा उनका कोई नहीं था। शोना भी नहीं रही थी। वहाँ अकेले रहकर करते भी क्या! यहाँ आकर कुछ ही दिनों में अकेलापन हावी होने लगा और विदेश का भूत हवा हो गया। उस भूत को वापस पकड़ना चाहते हैं। लेकिन वह भागता जा रहा है, वे पकड़ने के लिए उसके पीछे दौड़ते जा रहे हैं। हाँफते हुए थककर रुक जाते हैं। आँखें बन्द करके अपनी साँस को खींचते हुए, थका शरीर निद्रा की गोद में चला जाता है।

रविवार–आख़िरी दिन है। न जाने अस्पताल की क़ैद से वाइंड-अप कर रहे हैं या उन सारी यादों से जो इन सात दिनों की साक्षी बनीं। कुछ यादों ने मुस्कान दी, कुछ यादें मौन आयीं और चली गयीं। सुरमई अँखियों की पोरों से पानी तक नहीं बहा पायीं। अच्छा हुआ शोना दुनिया से जल्दी चली गयी वरना वह भी इसी तरह तड़पती रहती। आज शोना की यादें भी साथ नहीं दे रहीं।

ब्लडप्रेशर चेक करती उस युवा नर्स के हाथों ने एक भूली-बिसरी याद को ताज़ा कर दिया। उस मिठास को महसूस करवाया जो दो किशोरों की पहली प्यार से भरी अनुभूति थी। उसे सिर्फ़ एक बार देखा था। बहुत कुछ महसूस किया था। आँखों ने उसके चेहरे से हटने से मना कर दिया था और हाथ उसका हाथ छोड़ने के लिए बिल्कुल तैयार नहीं थे।

वह पल जब धरती थम गयी थी। सूरज की रोशनी ने चाँद-सी शीतलता बिखेर दी थी व तारे लप-झप करते उस पल के साक्षी बने थे। पहली बार जब उसे छुआ था। पहली बार और आख़िरी बार। पैर उसके साथ चलने को बाध्य करते रहे मगर किसी की ज़िद नहीं चली। वह फिर कभी जीवन के किसी हिस्से में न रही पर एक पल का वह ठहराव आज भी फुरफुरी दे गया। वह स्पर्श दोनों हाथों की उँगलियों से बहता हुआ नख से शिख तक पहुँचा।

हौले-हौले, होंठों पर मुस्कान आयी और नींद के लिए आतुर आँखों की पुतलियाँ स्थिर हो गयीं।

सुबह राउंड पर आये डॉक्टरों की टीम हतप्रभ थी, उनकी देह निर्जीव पड़ी थी। एक सप्ताह से क़ैद परिन्दा उड़ान के लिए कूच कर चुका था।

चेहरे पर सफ़ेद चादर में तमाम स्मृतियाँ सिमटकर उन्हें गहरी नींद सुला गयी थीं।

# दो पटरियों के बीच

बिटिया अपने एक अलग ही संसार में रहने लगी थी, सबसे अलग-थलग। उसे किसी से कभी कोई शिकायत नहीं होती थी, यहाँ तक कि ख़ुद से भी नहीं। छोटी-छोटी बातों से ख़ुश हो जाती, बड़ी-बड़ी बातों से दु:खी नहीं होती। बड़े-बड़े काम भी आसानी से कर लेती थी।

एक ओर उसकी माँ थीं जो शिकायतों का पुलिन्दा साथ लिये, सीने से लगाये घूमती थीं। छोटी-छोटी बातों से उदास हो जातीं, छोटे-छोटे कामों को करने से कतराती थीं। दोनों के स्वभाव में यही अन्तर था। कहने को छोटा-सा अन्तर परन्तु आकाश और पाताल की दूरी जितना बड़ा अन्तर। पाताल में से ऊपर आकाश को देखने जैसा। एक-दूसरे की पहुँच से काफ़ी दूर।

एक ही लाड़ली घर में और एक ही माँ। दो अलग-अलग आकार-प्रकार के पिलर पर टिका घर। एक पिलर ऊँचा, एक नीचा। एक पतला, एक थुलथुल। सन्तुलन तो बिगड़ना ही था। रोज़ बिगड़ता था। दोनों में कहीं कोई साम्य नहीं था। माँ के मन में कई बार यह सवाल उठता कि क्या उन्होंने इसी बच्ची को जन्म दिया था या फिर अस्पताल में कहीं कोई अदला-बदली हो गयी थी। माँ-बेटी के स्वभाव, उनके रहन-सहन में और सोच-विचार में दूर-दूर तक कहीं कोई समानता नहीं!

बचपन से माता-पिता का सारा दुलार माँ की ओर से उसी पर बरसता रहा। और वह माँ की आँखों से देखती रही दुनिया का वह ख़ुशनुमा रूप, जहाँ सब कुछ अच्छा ही अच्छा था। किसी बुराई के लिए कोई जगह नहीं थी। लेकिन बुराइयों को अपनी जगह बनाने में कहाँ समय लगता है! वो कहीं न कहीं से सुराख़ तलाश ही लेती हैं। वही हुआ। एक के बाद एक तिनके जैसी उड़-उड़कर आती रहीं और घोंसला बनाने के लिए जगह करती रहीं। माँ और बेटी के उस घोंसले में एक और घोंसला बनता गया। एक और घर बनता गया उसी घर में।

एक ओर माँ का व्यक्तित्व था सात्विक, निरा शुद्ध तो दूसरी ओर बेटी का ऐसा व्यक्तित्व जो आधुनिकता की आड़ में वह सब करना चाहता था जो किया जा सके। न कोई आदर्श उसका रास्ता रोकता था, न कोई सिद्धान्त कभी आड़े आता था। जहाँ अपना फ़ायदा दिखे वह सब कुछ अच्छा था। जहाँ अपना फ़ायदा नहीं, उसकी कोई जगह नहीं थी, उसके अपने हिस्से की दीवार के अन्दर।

एक घर था, दो लोग थे। धीरे-धीरे एक घर के दो घर हो गये थे, बीच में दीवार की आड़ लिए। अब एक छत के नीचे दो अलग-अलग दुनिया थी। एक दीवार के पार मन्दिर था, पूजा थी, आराध्य थे। दूसरी दीवार के पार सारे भौतिक सुख थे, ख़ुद ही आराध्य और ख़ुद ही पूजा। ख़ुद की प्रसन्नता का पूजा घर था।

सात्विकता पर तामसिकता का ज़ोर कुछ अधिक ही भारी होने लगा था। लेकिन दोनों के लिए अपनी ज़िन्दगी सात्विक ही थी, अलग-अलग परिभाषाओं के साथ। आधुनिकता का मुलम्मा चढ़ाकर सारे घिसे-पिटे ख़यालों को आज़ाद करने की कामयाब कोशिश थी। काई जमे हुए उन ठस्स ख़यालों पर रद्दा ऐसे चलता था जैसे कहा जा रहा हो–"बहुत हो गया अब, छोड़ आये वह ज़माना।"

माँ के लिए एक प्रश्नचिन्ह सदा आँखों की किरकिरी बना रहता कि आख़िर जीवन के किस मोड़ पर बिटिया इतनी आहत हुई होगी कि उसके लिए 'स्व' ही जहान था? किसी और का कोई अस्तित्व ही नहीं रहा। शायद सबसे बड़ी वजह यही रही हो कि माँ को इतने कष्ट उठाकर उसे बड़ा करते देख वह बग़ावती हो गयी हो। जब कि माँ ने तो सोचा था कि कष्टों में बीता जीवन इन्सान में सहानुभूति लाता है, हमदर्दी लाता है। यह बग़ावत कब और कैसे जगह बना ले गयी, यह एक पहेली थी उनके लिए।

माँ ने तमाम कष्टों में भी अपने तईं बिटिया को हर ख़ुशी देने की कोशिश की थी लेकिन उसके लिए शायद वह सब पर्याप्त नहीं था। उसकी चाहतों की ऊँचाइयाँ, माँ की सोच की छत से काफ़ी ऊपर थीं। ज़मीनी सच्चाइयों में जीते हुए वह आसमान की ऊँचाइयों में उड़ती चली गयी। उसके सामने अब सिर्फ़ उड़ानें ही थीं। चलना तो जैसे सीखा ही नहीं था उसने। सीधे पंख फैला लिये थे उड़ने के लिए। आकाश की उन ऊँचाइयों तक उड़ना जहाँ से अगर गिरे तो इस क़दर टूट जाये कि शरीर का हर हिस्सा एक दूसरे से कोसों दूर होकर बिखर जाये!

घर बैठे भी उसकी दिनचर्या में दुनिया भर की ख़ुशियाँ शामिल थीं। दीवार के उस पार का संसार बग़ैर देखे भी दिखाई देता था माँ को। वो समझ नहीं पाती थीं कि यह कैसे सम्भव था कि बोया गुलाब, मगर उग गया बबूल!

माँ बूढ़ी होती गयीं और वह जवान। माँ शादी करके बेवा बनी रहीं और उसने ताउम्र शादी ही नहीं की। एक के बाद एक ऐसे दोस्त बनाती गयी जो उसकी तन, मन, धन की सारी आवश्यकताओं की पूर्ति कर देते थे। वह अपनी ज़िन्दगी में इस क़दर मस्त रही कि कभी यह नहीं देख पायी कि इन आदतों से उसकी अपनी माँ कितनी त्रस्त थीं।

आये दिन के ये हालात रोज़ की किच-किच में बदलने लगे–"अब मैं नहीं देख सकती यह सब अपने घर में। तुम किसी एक के साथ शादी क्यों नहीं कर लेतीं।"

"तुमने शादी करके किया क्या, माँ? बस मुझे ले आयीं इस दुनिया में।"

"तुम्हें लायी वरना जीती कैसे? दीवारों से सिर टकरा-टकराकर मर जाती।"

"अब मैं दीवारों से सिर टकरा रही हूँ, लेकिन चोट खाने के लिये नहीं बल्कि चोट देने के लिए।"

"कम से कम एक बार मुझे यह तो बता दो कि तुम चाहती क्या हो अपने जीवन से!"

"मैं अपने जीवन से जो चाहती हूँ, वह ले रही हूँ लेकिन माँ तुम क्या चाहती हो? बस यही न कि मैं शादी कर लूँ।"

"हाँ"

"लेकिन क्यों, जब बग़ैर शादी के ही सब कुछ है मेरे पास तो फिर किसी ऐसे सर्टिफिकेट की क्या ज़रूरत?"

"बस अभी सब कुछ है तुम्हारे पास किन्तु बाद में सब छोड़ जायेंगे तुम्हें।"

"पति नहीं छोड़ेगा, इसकी क्या गारंटी, माँ? तुम तो इतनी पतिव्रता थीं, पर तुम्हारा पति छोड़ गया न तुम्हें!"

"हर बात में नकारात्मक ही क्यों सोचती हो तुम? ज़रूरी है कि मेरे साथ जो हुआ, वही तुम्हारे साथ भी हो? शादी से घर बसेगा, परिवार बनेगा, तुम्हारे अपने होंगे परिवार में।"

"अपने? अपने-पराये सारे अपने-अपने स्वार्थ की डोरी से बँधे हैं। एक डोरी टूटी और क़िस्सा ख़त्म। मेरे लिये ये जो रोज़ आते हैं, ये ही मेरे परिवार का हिस्सा हैं।"

"इन क्षणभंगुर रिश्तों से परिवार नहीं बनता। कुछ पलों का साथ तो बस मनोरंजन के लिए ही हो सकता है।"

"मनोरंजन! हाँ माँ, मन ख़ुश हो तो ही दुनिया भली लगती है। आप ख़ुश नहीं हो तो आपको हर कोई दुखियारा नज़र आता है।"

"अपने ही पैरों पर कुल्हाड़ी क्यों मारना चाहती हो? मुझे अच्छा नहीं लगता जब अकेले इन लोगों से माथा फोड़ती रहती हो। कभी फ़ोन वाले से लड़ रही हो तो कभी बिजलीवाले से, कभी डॉक्टर से तो कभी राह चलते से।"

"माथा मैं नहीं फोड़ती, ये लोग फोड़ते हैं।"

"अरे बाबा! इसीलिए तो कहती हूँ कि ढूँढ़ लो कोई ऐसा जो तुम्हारा अपना हो। जीवन के हर काम में तुम्हारे साथ रहे। तुम्हारी मदद करे। ढूँढ़ लो कोई मेरे बच्चे, कुछ पलों का साथ तुम्हें कहीं का नहीं छोड़ेगा।"

"हाँ सारे लाइन लगाकर खड़े हैं न मेरे लिए कि आ जाओ मेरे गले में माला डाल दो।"

"देखोगी तो पता लगेगा कि खड़े हैं या नहीं।"

"तुम बस एक ही बात को लेकर क्यों बैठ जाती हो माँ!"

"देखने के लिए तो कह रही हूँ, अभी की अभी शादी करने के लिये तो कह नहीं रही न।"

"माँ, ये सारी बातें हम कितनी बार कर चुके हैं?"

"अनगिनत बार।"

"तो फिर, कोई हल निकला कभी?"

"नहीं।"

"तो फ़ायदा क्या घुमा-फिराकर एक ही बात के पीछे पड़ने का? वही-वही बात, जब देखो तब!"

"वही-वही बात तुम्हारी तसल्ली के लिए नहीं, मेरी अपनी तसल्ली के लिए करती हूँ।"

"माँ, तसल्ली से जीवन नहीं चलता, तृप्ति से चलता है, मन की, तन की और धन की। तुम्हें क्या लगता है कि एक लड़के के साथ शादी करके तन-मन-धन की ख़ुशियाँ मेरे क़दमों में होंगी, तीनों मिल जायेगी मुझे!"

"हाँ, क्यों नहीं, अपनी-अपनी सन्तुष्टि के पैमाने तो तय करने ही पड़ते हैं।"

"वही तो करती हूँ, मेरी सन्तुष्टि का पैमाना थोड़ा बड़ा है।"

"तुम दुनिया में अच्छाइयाँ क्यों नहीं देख पातीं? सब कुछ इतना तो बुरा नहीं है जितना तुम्हें लगता है।"

"हों तब तो देखूँ दुनिया की अच्छाइयाँ, एक भी हो तो बता दो मुझे। वैसे सच कहूँ, माँ, तुम इस दुनिया के क़ाबिल न पहले थीं, न अब हो। तुम समय से पीछे

ही रहती हो। अब वह ज़माना नहीं रहा जब सिर्फ़ शादी करके, बच्चे पैदा करके, सुबह से शाम तक खाने के लिए इन्तज़ार करके काट लो अपनी ज़िन्दगी। अब तो हर पल, हर घड़ी का फ़ायदा उठाने का ज़माना है।"

"शादी नहीं, बच्चे नहीं, तो फिर तुम्हारा अपना रहेगा क्या? बेकार में बहस करती हो। तन, मन, धन की बात करती हो, अगर ख़ुश रहना है तो कभी-कभी इन तीनों में से एक को चुनना पड़ जाता है।"

"हाँ, चुनना चाहा था मैंने। मन की तृप्ति चुनी थी तो पता चला कि इसमें कई बार भूखे मरना पड़ता है। तन की तृप्ति भी चुनी थी जो उम्र के साथ कम हो जाती है, तो अब बचती है क्या, धन की तृप्ति न, वही तो मैंने चुन ली है। और देखो माँ, इसमें तो हर हाल में जीत ही जीत है।"

माँ निरुत्तर थीं, क्या कहतीं। कुछ कहने को छोड़ा ही नहीं था उसने। कितनी बार बहस करतीं अपनी बेटी से, जो समय से पहले ही जीवन का मर्म समझ गयी थी। उसकी माँ रह गयी थीं पीछे। ज़माने के साथ न तब चल पायी थीं, न अब। रह गयी थीं नासमझ की नासमझ, आला दर्जे की बेवक़ूफ़।

क्या सचमुच वे ज़माने की दौड़ में इतनी पीछे रह गयी थीं कि उनकी अपनी सन्तान के और उनके विचारों में कोई मेल नहीं था? एक दूसरे के बिल्कुल विपरीत थे। सब कुछ तो वैसा ही था उसके बचपन में, जैसा उन्होंने चाहा था। अकेली माँ जैसे बच्चे को बड़ा कर सकती है, उसी तरह सब किया था उन्होंने। फिर यह सब कब और कैसे हुआ, पता ही नहीं चला। बेटी ख़ुश है लेकिन माँ को उसकी यह ख़ुशी नक़ली लगती है। बेटी इस बात को स्वीकार नहीं करती कि वह यह सब ग़ुस्से में कर रही है।

न माँ, न बेटी, न यह घर और न उनके कमरे की दीवारें, कोई भी बदलने को तैयार ही नहीं। सबकी अपनी-अपनी ज़िद थी, कोई झुकने को तैयार नहीं था। बेटी बस इसी तरह जीना चाहती थी। एक आज़ाद परिन्दे की तरह, जिसे घर लौटने की कोई जल्दी न हो। घर से जाने की भी कोई जल्दी न हो। घड़ी के काँटे आगे बढ़ें तो उसकी इच्छा से और समय का चक्र बस उसके आदेशों पर चलता रहे।

एक बार माँ ने कोशिश की थी कि इन दीवारों को नया रूप दे दिया जाये तब शायद बिटिया का मन बदले पर वह भी न हो पाया। दीवारों की मज़बूती ऐसी थी कि तोड़ने वाले ने कहा–"एक दीवार टूटने से पूरा मकान ही टूट जायेगा। इसकी मज़बूती पर सब कुछ टिका हुआ है।" और तब उन्होंने भी घुटने टेक दिये थे।

इन्सान तो इन्सान, ईंट और पत्थर भी अपनी ज़िद पर अड़े थे कि हम जैसे हैं वैसे ही रहेंगे।

माँ-बेटी दोनों के अपने-अपने रास्ते थे, चल तो रहे थे मगर पटरियों की तरह अलग-अलग। दो पटरियाँ समानान्तर चल रही थीं। कभी न मिलना उनकी नियति थी। शायद माँ भी सही थीं और बेटी भी। जितनी तेज़ी से ज़माना बदल रहा था, उतनी ही तेज़ी से पीढ़ियों का गहराता अन्तर बोल रहा था, दीवारों के आर-पार से।

# पुआल की आग

बहका-सा, पगला-सा, कभी विस्मृत न होता, वह पल! दूर देश की साँझ के झुरमुटे की आहट, शहनाइयाँ बज रही थीं, दुल्हन सज रही थी और ढोलकी पर गीत गाये जा रहे थे। बारात शामियाने के द्वार तक पहुँच गयी थी। दुल्हन की एक झलक देखने के लिए घोड़ी पर बैठा दूल्हा ऊपर खिड़की पर नज़रें जमाये हुए था। शरमाती दुल्हन आँखें मिचमिचाकर देखने लगी, सामने बिस्तर छोड़ते हुए एक परछाई दिखाई दी। मीठा स्वप्न टूटने की खीज आवाज़ में अनायास ही उतर गयी–"अँधेरे का साया हटा नहीं है अभी। ये इतनी जल्दी क्यों उठ रहे हैं!" सामने लगी घड़ी पर नज़र गयी, चार के पास पहुँच रहा था काँटा।

"अभी चार बजे हैं, अभी से मत उठो, थोड़ी देर और सो जाओ।"

"टोक दिया न।" धच्च से वापस बिस्तर में धँस जाने की आवाज़ में पलंग की चर्र-चर्र शामिल हो गयी।

"तुम्हें कितनी बार कहा है, मुझे टोकना बन्द करो। मेरी नींद खुल जाती है तो मैं उठ जाता हूँ। हर बात में ना मत कहा करो।"

"हर बात में ना, और कौन सी बात में ना कहा मैंने?"

"ना के बग़ैर कभी कुछ कहा भी है, ज़रा सोचकर देखना, ख़ुद-ब-ख़ुद जवाब मिल जायेगा।"

"ऐसे काम ही क्यों करते हो कि ना कहना पड़े। जी भर कर पकौड़े खाओगे तो दस्त लग जायेगी, यही कहा था न। क्रीमवाले बिस्कुट खाते हो, फिर दिन भर कहते हो शुगर हाई है।"

"एक तो वैसे ही शुगर ने इतना खाने-पीने पर कंट्रोल किया है और ऊपर से तुम्हारे ये पुलिसिया आदेश। आख़िर एक दिन मरना ही है तो भूखे रहकर क्यों मरूँ! जब से मैं उठता हूँ तुम शुरू हो जाती हो, यह मत करो, वह मत करो।"

"ठीक है, जो करना है करो। शुगर बढ़े मेरी बला से। हज़ार बार कहा है कि लिस्ट बनाकर दे दो, कब मुझे बोलना है और कब नहीं बोलना है। या फिर रिमोट रखो अपने पास। जब चाहो, तभी मैं बोलूँ। जब भी कुछ बोलती हूँ तो चिक-चिक शुरू! प्यार से कहा था, थोड़ी देर और सो जाओ। सुबह-सुबह सारे मूड का गुड़ गोबर कर दिया।"

"और जो तुम्हारी हर 'न' के साथ मेरा मूड ख़राब होता है, उसका क्या!"

"ठीक है, आज से कुछ नहीं बोलती मैं। जाओ, जो खाना है खाओ, जो करना है करो। मेरी कोई भी 'न' तुम्हारा रास्ता नहीं रोकेगी।"

आँखों से आँखों तक पहुँचता थरथराता पारा, गर्मी को नापकर शान्त हो गया था। मौन पसर गया था। सुबह का सपना कितना प्यारा था। एक पैर क़ब्र में था और दूसरा जीवन के सबसे सुन्दर पलों तक पहुँच गया था। ख़ुद की वह छवि जो लगातार अपनी ओर खींचती रहती थी। जीवन के शेष दिनों में सुकून सिर्फ़ वहीं जाकर मिलता था। चेहरे और बालों के सौन्दर्य के साथ, ख़ुद का वह छरहरा शरीर अब भी न सिर्फ़ लुभाता था बल्कि आज के तमाम हताश पलों को चकनाचूर करने की ताक़त रखता था।

हाथ पीले होने की वह घड़ी ज़ेहन में सदा के लिए क़ैद थी। अल्हड़ नवयुवती की आँखों में कजरा, बालों में गजरा, हाथों में लगी मेहँदी और हूबहू चाँद जैसी आकृति, मानो चाँद की सुन्दरतम छवि ही ज़मीन पर उतर आयी हो। आईने में देखते हुए भी दिल डूबने लगता तो वही छवि पीछे से झाँक जाती थी। पत्थर होते मन को वही आकार तराशने लगता और जीवन्तता दुबारा लौट आती, फिर चाहे मीठी नींद ही क्यों न हो।

आज भी वैसा ही कुछ हुआ था। अतीत की फुदकती, चहकती घड़ियाँ ख़ूब अठखेलियाँ कर रही थीं। आँख खुलते ही सब कुछ फिर से पीछे छूट गया। तिलमिलाती हक़ीक़त और चिड़चिड़ाती हवाएँ हर सुन्दर नज़ारे को तहस-नहस कर गयी थीं। अब न हाथों में मेहँदी का रंग था, न ही बालों में। बरसों हो गये बालों को सफ़ेदी में छोड़े हुए। बाल बचे भी कहाँ थे अब! जो थोड़े बहुत बचे थे, वे अपने अस्तित्व के लिए संघर्ष करते हुए घर की हर चीज़ में बिखरे दिखाई देते। अपने दिवा स्वप्न में फिर से वह खो जाये, उसके पहले आवाज़ आ गयी–"चाय बन गयी?"

"नहीं।"

"आज कहीं बाहर जाना है?"

"नहीं।"

"तुमने दवाइयाँ ले लीं?"

"नहीं।"

"तुम नाराज़ हो?"

"नहीं।"

"देखो, मैं न कहता था कि तुम्हारे पास नहीं के अलावा कुछ है ही नहीं।" इस बार टोन मज़ाक़िया थी। पर जवाब तीखा मिला।

"अब बचा क्या मेरे पास, जो था वह तो सब कुछ तुमने ले लिया।"

"मैंने ले लिया! और मैं जैसे बस लेता ही रहा, दिया कुछ नहीं कभी?"

"जिस दिन फ़ुरसत मिले, गिनती कर लेना। क्या दिया और क्या लिया।"

"एक अकाउंटिग बुक बनाता हूँ। हिसाब-किताब कर ही लेते हैं एक दिन। रोज़ का झंझट ख़त्म हो जायेगा।"

ऐसा नहीं था कि जवानी के दिनों में पति-पत्नी के बीच बहस नहीं होती थी। तब भी होती थी पर रात होते-होते सब कुछ ठीक हो जाता। लेकिन अब रात हो या दिन हो, न शरीर की भूख रही, न मन की भूख। समझौते का कोई आधार ही नहीं बचा। हाँ, इस ताानाकशी के बाद ज़रा-सी इन्सानियत ज़रूर जाग जाती–"सुनो! तुम्हारी पसन्द के आम लाया हूँ।"

"अच्छा!"

"मीठे लग रहे हैं।"

"ख़ट्टा हो तो नहीं खाना मुझे।"

"खट्टा मुझे दे देना, मीठा तुम खा लेना। ये चखो।"

"इमली जैसा खट्टा है।"

"छोड़ दो, यह दूसरा खाकर देखो। यह खट्टा नहीं है, मीठा लग रहा है।"

"यह और भी खट्टा है कितनी बार कहा है अभी आम मत लाओ, आम का सीज़न नहीं आया। खाये नहीं जाते, सब फेंकने पड़ते हैं।"

"हो गया शुरू तुम्हारा। अब ले आया न, वापस लौटाकर आऊँ तो चैन मिलेगा। स्टोर में देखने पर मेरा भी कुछ ख़रीदने को दिल करता है। कब तक तुम्हारी बनायी लिस्ट का हर अक्षर फ़ालो करता रहूँगा!"

"मेरी लिस्ट का कोई अक्षर तुम फ़ालो नहीं कर रहे, मैं तुम्हारी लिस्ट को फ़ालो कर रही हूँ। तुम्हें जो चीज़ नहीं खाना तो वह किसी और को नहीं खाना। वह बनना तो दूर घर में कभी आयेगी ही नहीं। तुम्हें शुगर नहीं खाना, घर में मिठाई

नहीं बनेगी। नाश्ते में पोहा, उपमा नहीं बनेंगे क्योंकि तुम्हारी शुगर शूट हो जायेगी। तुम्हारा ब्लडप्रेशर, तुम्हारा कोलोस्ट्रोल। तुम्हारा ये, तुम्हारा वो। सब कुछ तुम्हारा। मेरा कहीं कुछ भी नहीं।"

"अब बस भी करो, रोज़-रोज़ ये सब सुनकर थक गया मैं। इतने बरसों की इतनी शिकायतें कभी भूलती नहीं तुम?"

"एक दो हो तो भूलूँ, यहाँ तो हर दिन की हज़ारों हैं।"

"बस हज़ारों? मेरी हर दिन की लाखों हैं।"

"हाँ, होंगी ही, तुम्हारा नंबर ऊपर ही रहेगा न, तुम कभी नीचे कैसे आ सकते हो भला!"

कुछ घण्टों के मौन के बाद आख़िर चुप्पी तोड़ने का प्रयास उसी की ओर से हुआ। शब्द आकार लेने लगे–"सुनो, आज बाहर खाना खाने चलें?"

"नहीं, तुम्हें पता है मैं बाहर नहीं खाता।"

"घर पर कुछ अच्छा बना लूँ?"

"नहीं।"

"ग़ुस्सा हो?"

(मौन)

"चाय बना दूँ?"

"नहीं, चलो ठीक है। तुम्हें पीनी हो तो बना लो, पी लूँगा।"

शान्ति-वार्ता की शुरुआत के आसार नज़र आ रहे थे।

पेड़-पौधे सुबह से बग़ैर हिले-डुले मौन खड़े थे, अब हरकत में आते दिखे। चाय में अदरक और इलायची दोनों का भरपूर स्वाद था। दो मनों के मतभेदों के बीच, शब्द भी चुभते थे और मौन भी। मौन टूटता तो शब्द आपस में भिड़ जाते, मानो प्रतीक्षा कर रहे हों कि कब मुँह की जेल से मुक्ति मिले और कब बाहर आकर आग लगायें।

सुबह की पहली किरण के साथ अनवरत बहस शुरू हो जाती। जीवन की ढलती साँझ ने इसे अब दिनचर्या का एक हिस्सा बना लिया था। ढिठाई-भरे वे पल बग़ैर बहस के आगे नहीं बढ़ते। हर दिन ग़ुस्सा भुनभुनाता हुआ आता और धीरे-धीरे पुआल की आग में तब्दील होकर उसे जलाता रहता। बची रहती तो महुए की वह आग जो बरसों से रिश्ते को सेंक देकर बचाए हुए थी।

दो प्राणी, एक दूसरे से बहुत दूर, मगर फिर भी बहुत पास।

# काठ की हांडी

अफ़रा-तफ़री मची हुई थी।

शहर के हर कोने से भय और घबराहट की गूँज सुनाई दे रही थी। एक से दूसरे, दूसरे से तीसरे तक पहुँचते कोरोना वायरस अब एलेग्ज़ेंडर नर्सिंग होम की दहलीज़ पर क़दम रख चुका था जहाँ कई उम्रदराज़ पहले से ही बिस्तर पर थे।

सीनियर सिटीज़न के इस केयर होम में अधिकांश रहवासी पचहत्तर वर्ष से अधिक की उम्र के थे। कई लोग आराम से घूम-फिर सकते थे तो कई बिस्तर पर ही रहते। कई को अपनी दिनचर्या निपटाने में किसी की मदद की आवश्यकता नहीं होती तो कई पूरी तरह से मदद पर निर्भर थे। कई शारीरिक व मानसिक दोनों रूप से अस्वस्थ थे, तो कई सिर्फ़ मानसिक रूप से अस्वस्थ थे। वे चलते-फिरते तो थे पर ऐसे जैसे कि कोई जान नहीं हो उनमें। उन्हें देखकर लगता था कि ज़िन्दगी टूट-फूट गयी है, जैसे-तैसे उसे समेटकर चल तो रहे हैं पर किसी भी क्षण बिखर सकती है।

कोरोना के प्रहार को सहने की ताक़त इन सीनियर सिटीज़न में बहुत कम थी इसीलिए यह वायरस इसका फ़ायदा उठाकर शहर के अधिकांश ऐसे नर्सिंग होम को निशाना बना रहा था। अब तक सुरक्षित रहा यह केयर होम अब इसके शिकंजे में फँस चुका था। एक के बाद एक कई लोगों की रिपोर्ट पॉज़िटिव आ रही थी और उन्हें अस्पताल भेजा जा रहा था। चौबीस घण्टे ख़त्म होते-होते दस लोगों की मौत की ख़बर उनके साथियों में निराशा और दहशत फैलाते हुए दीवारों से टकराकर साँय-साँय कर रही थी। मौत का मंज़र आँखों के क़रीब आकर दस्तक दे रहा था।

ख़ौफ़ और ख़तरों से जूझते यहाँ के कर्मी अपनी जान की चिन्ता लिए जैसे-तैसे इस ख़तरे से निपट रहे थे। कुछ पॉज़िटिव होने से घर पर एकान्तवास में थे, कुछ इसकी आशंका में घर रुकना चाहते थे पर मजबूरी में काम कर रहे थे। एक के बाद

एक आती इन ख़बरों ने रोज़ा को विचलित किया था। बेसब्री से प्रतीक्षा कर रही थी कि अपने पड़ोसी स्टीव की कोई ख़बर मिल जाये उसे।

जीवन के छियासी बसन्त पार कर चुकी रोज़ा पर मौत की ख़बरों का आतंक इस तरह छाया था कि नज़रें टीवी स्क्रीन से हट नहीं रही थीं। गत दस वर्षों से यही नर्सिंग होम उसका घर था। पिछले कुछ दिनों से सारे कर्मी इस तरह डरे हुए अपना काम कर रहे थे मानो बिस्तर पर लेटे ये रहवासी मौत का पैग़ाम लिये खड़े हों उनके लिए। सबने अपने आप को पूरी तरह कवर किया हुआ था, पता ही नहीं चलता कि 'यह है कौन'।

आज तक कभी ऐसी स्थिति नहीं आयी थी कि काम करने वाले उन सबके इर्दगिर्द किसी रोबाट की तरह आयें। हल्के नीले रंग के प्लास्टिक के कवर से ढँकें या यों कहें कि प्लास्टिक का गाउन पहने हुए, हाथों में दास्ताने, मुँह पर मास्क, पारदर्शी चश्मे में छिपी आँखों के सिवाय कुछ दिखाई नहीं देता था।

सूज़न, नर्सिंग होम की रिसेप्शनिस्ट ने आकर आज दिवंगत हुए सदस्यों के नाम बताये। स्टीव का नाम भी था उनमें। रोज़ा की आँखें जैसे झपकना ही भूल गयी हों। कई साथियों के साथ उसका ख़ास दोस्त स्टीव उसे छोड़कर चला गया था। अक्सर वे दोनों आपस में बातें करते रहते थे। दोनों ने यहाँ के जीवन को ख़ुशी-ख़ुशी स्वीकार कर लिया था। किसी को अब परिवार, बच्चों की प्रतीक्षा नहीं होती क्योंकि वे दोनों एक-दूसरे के अच्छे साथी बन गये थे। उस बड़े कमरे में जहाँ चार लोगों के पलंग थे।

एक ओर से दूसरी ओर सिर्फ़ कपड़े का परदा था जो उनके अपने कमरे की सीमा था, उनका अपना घर था। कोई किसी की चारदीवारी में नहीं झाँकता था। बैठे-बैठे, सोये-सोये बातें कर लेते थे, ठहाके लगा लेते थे, लंच-डिनर की टेबल पर साथ निभाते और टहलने साथ में चले जाते थे।

कल स्टीव की रिपोर्ट कोरोना पॉज़िटिव आयी और उसे अस्पताल ले जाया गया था, आज वह चल बसा था। बग़ैर कुछ कहे इस तरह उसका चले जाना मन को स्वीकार ही नहीं हो रहा था। लग रहा था कि अभी कपड़े की दीवार के उस पार से आवाज़ आएगी–"हे, रोज़, सब ठीक है? चलो, घूमने चलें"

"पाँच मिनट बाद चलते हैं, स्टीव"

उन पाँच मिनटों में वह अपने बाल ठीक करेगी, रूखे होंठों पर चॉपस्टिक लगायेगी और चप्पल पहनकर चल देगी उसके साथ। नीचे बरामदे तक जायेंगे।

फिर मौसम अच्छा होगा तो थोड़ा बाहर निकलेंगे। उसके बाद उसकी मज़ेदार बातों पर हँसते हुए ताश खेलने बैठेंगे। अख़बार पढ़ेंगे और फिर से अपने-अपने कमरे में क़ैद हो जायेंगे।

इस तरह तो कोई दुनिया छोड़कर चला नहीं जाता। रोज़ा के लिए यह सिर्फ़ एकाकीपन ही नहीं था, बहुत कुछ था जो तकलीफ़ दे रहा था। साथवाले परदे की हिलती दीवारों को घूरते हुए महसूस हो रहा था कि न जाने कल किसका नंबर है। कितने और लोग अस्पताल के लिये ही नहीं, अपनी आख़िरी यात्रा के लिए प्रस्थान कर रहे हों। वही हुआ, अगली सुबह तक लगभग सारे लोग या तो जा चुके थे, या बची हुई अपनी चन्द साँसें गिन रहे थे।

शायद जीवन का सबसे दुखद दिन था यह जब आसपास के सारे जाने-पहचाने चेहरे कूच कर गये थे। रोज़ा न खा पायी थी, न सो पायी थी। वह रात काटे नहीं कट रही थी। बहुत अँधेरी थी, इतनी अँधेरी कि लग रहा था आज सूरज नहीं उगेगा। उसे भी महसूस होने लगा था कि कुछ ग़लत है शरीर में, साँस लेने में तकलीफ होने लगी थी। अजीब क़िस्म की बेचैनी थी।

तमाम सामाजिक दूरियों के बावजूद सूरज निकलने तक रोज़ा के शरीर में कोरोना के सारे लक्षण मौजूद थे। उसे भी अस्पताल भेज दिया गया। कई मित्रों के हँसते हुए चेहरों से भरा वह नर्सिंग होम मौत का अड्डा बन चुका था। वे पलंग जो दिन हो या रात मदद की गुहार लगाते रहते थे, अब मौन थे। एक साथ पैंतीस लोगों की मौत अब छत्तीस का आँकड़ा पूरा करने के इन्तज़ार में थी।

इस महामारी में अस्पताल जाना तो बीमार को और बीमार ही करता। वह जो देख रही थी, आँखें उसे कभी देखना नहीं चाहतीं। बाहर की लॉबी में कहीं उल्टी करने की तो कहीं थूकने की आवाज़ें आ रही थीं। चार-पाँच घण्टों का इंतज़ार साइन-इन करने के लिए था। कुछ दीवार का सहारा लेकर खड़े थे, कुछ फ़र्श पर ही लेट गये थे। अगले चार-पाँच घंटों का इन्तज़ार कॉरीडोर में पलंग के लिए था। रूम तो ख़ाली थे नहीं, सारी ख़ाली जगहें, चाहे वह डॉक्टरों के बैठने की हो या नर्सों के बैठने की, मरीज़ों के वार्ड में तब्दील हो गयी थीं।

ख़त्म होते संसाधनों के साथ अस्पताल प्रशासक एक साथ कई मोर्चों से निपटते, मरीज़ों के क्रोध से भी निपट रहे थे। ग़ुस्से में एक मरीज़ ने नज़दीक से गुज़रते एक डॉक्टर का मास्क खींच लिया था; यह कहते हुए कि–"हम बीमार हैं तो तुम भी साथ में बीमार हो जाओ ताकि हम मरेंगे तो साथ में मरेंगे।"

डॉक्टरों, नर्सों की सुरक्षा के साथ, घबराहट व निराशा में धकेले गये इन रोगियों के आक्रोश को मुस्तैदी से रोकना भी एक ज़्यादा ज़रूरी काम हो गया था। जान बचाने वाले उन फ़रिश्तों को गालियाँ दी जा रही थीं। एक ओर मानवीयता अपना क्रूरतम रूप दिखा रही थी तो दूसरी ओर उदात्त मानवीयता के चरम की परीक्षा थी। लाशों को उठाने के लिए भी लोग नहीं मिल रहे थे।

जीवित लोग इलाज की प्रतीक्षा कर रहे थे व लाशों का ढेर अस्पताल के प्रांगण में पड़ा अपने गन्तव्य तक जाने की प्रतीक्षा कर रहा था। पहले दिन के प्रकोप के बाद अस्पताल के वेन से लाशें जा रही थीं। फिर वेन छोटे पड़ने लगे। बड़े कार्गो ट्रक बुलवाये गये। यह भी बहुत मुश्किल हो रहा था। अस्पताल इमारत की हर मंज़िल से ट्रक तक पहुँचती लाशों को अस्पताल के कई दरवाज़ों से निकलना पड़ रहा था, इससे ले जाने वालों के लिए, रास्ते के मरीज़ों के लिए, सबके लिये ख़तरा था।

अब खुले कार्गो ट्रक इस तरह खड़े किये गये कि प्लास्टिक में लपेट कर, हर मंज़िल की बालकनी से ऊपर से नीचे सीधे लाश को ट्रक में डाला जा सके। यह किसी भी तरह से मानवता का तिरस्कार नहीं था, यह तो ज़िन्दा बचे शेष लोगों को बचाने की कोशिश भर थी, ज़िन्दा लोगों को सम्मान देने का एक प्रयास भर था।

घण्टों इधर से उधर धकेले जाने के बाद रोज़ा को कॉरीडोर में रखा गया था। कमरों की कमी, बिस्तरों की कमी, मास्क की कमी, संसाधनों की कमी। सबसे ज़्यादा वेंटिलेटर्स की कमी। अनगिनत आवश्यक वस्तुओं की कमियों के चलते हर चेहरा परेशान था, काम के बोझ से, मौत के खौफ़ से और मन के शोक से। सर्वसम्पन्न इन्सान की सारी ताक़तें इस वायरस ने झुठला दी थीं। ऐसा लगता जैसे इस बेबसी का मख़ौल उड़ाता कोरोना वायरस ठहाके लगा रहा हो।

रोज़ा का नंबर आ गया था। पलंग मिलने के साथ ही कॉरीडोर में जगह मिलना इस बात का संकेत था कि अब इलाज जल्द ही चालू हो जायेगा। उसका बिस्तर आरामदेह था। हर बेड के बीच आवश्यक दूरी के बाद दूसरा बेड लगा था। सामने की कॉरीडोर की लाइन भी पूरी भरी थी। रोज़ा के ठीक सामने एक और मरीज़ अपनी बारी का इन्तज़ार कर रहा था। बीच के रास्ते से नर्स, डॉक्टर आते-जाते मरीज़ों को संकेत दे देते कि बहुत कुछ चल रहा है वहाँ।

इस महामारी के चलते किसी भी परिवारवाले को साथ रखने की इजाजत तो थी ही नहीं। मरीज़ों के बीच घिरे स्वास्थ्यकर्मी मानो स्वयं मौत को अपने शरीर में घुसने का न्यौता दे रहे थे। दूरियों को निबाहते भी नज़दीकियाँ तो थीं। ब्लड प्रेशर लेना, ख़ून की जाँच करना वेंटिलेटर लगाना, ये सारे काम बग़ैर छुये तो कर नहीं सकते थे।

कहाँ जाते बेचारे, मरते क्या न करते! जीवन भर के अपने कड़े परिश्रम के बदले उन्हें डॉक्टर का सम्माननीय पेशा मिला था। आज वे उससे भागना चाह रहे थे, अपने उस फ़ैसले पर शायद पछता भी रहे हों। सारी क़ाबिलियत को नकारकर आज उसी पेशे की वजह से मौत उनके पीछे पड़ी थी।

रोज़ा हैरान थी, यह देखकर कि उसके ठीक सामनेवाले पलंग पर एक नवयुवक था जो गम्भीर हालत में था। अभी तक तो वह यही सोच रही थी कि साठ के ऊपर की उम्र के लोग ही इससे परेशान हैं। यह नवयुवक तो अन्दाज़न पच्चीस-छब्बीस का होगा। रोज़ा को देख रही नर्स उसकी भी देखरेख कर रही थी। उसकी हालत गम्भीर थी। वेंटिलेटर्स कहीं ख़ाली नहीं थे। डॉक्टरों की फुसफुसाहट ने तय किया कि इन दोनों मरीज़ों को बारी-बारी से वेंटिलेटर पर रखा जाये। ज़रूरत के हिसाब से कभी रोज़ा को, कभी डिरांग को।

पूरे दिन नर्स यही करती रही। उसकी ड्यूटी बदलते ही दूसरी नर्स आयी। वह कह रही थी कि डिरांग की हालत अधिक ख़राब हो रही है। डॉक्टर को बुलाया गया। दोनों की फुसफुसाहट से सुनाई दे रहा था कि उसे ज़्यादा समय के लिए वेंटिलेटर चाहिए वरना हम उसे बचा नहीं पायेंगे।

हक़ीक़त तो यह थी कि इस बार-बार के परिवर्तन से किसी को भी फ़ायदा नहीं हो रहा था, रोज़ा और डिरांग दोनों ठीक होते-होते फिर साँस के मोहताज हो जाते। डॉक्टरों की पशोपेश समझ रही थी रोज़ा। अपने बिस्तर से वह डिरांग का चेहरा अच्छी तरह देख पा रही थी। बहुत मनमोहक नवयुवक था। सिर के घने-काले बाल और हल्की-सी दाढ़ी। चेहरा कुम्हलाया होने के बावजूद आकर्षक व्यक्तित्व का धनी होने के सारे प्रमाण दे रहा था।

नर्स परेशान थी। इधर रोज़ा को राहत मिलती, उधर डिरांग की बेचैनी बढ़ जाती। उसकी व्याकुलता रोज़ा को बहुत परेशान कर रही थी। दोनों की उम्र का बड़ा अन्तर था। एकाएक उसे ख़याल आया कि–"मैं तो वैसे ही छियासी पार करने वाली हूँ, न कोई आगे, न पीछे। और जीकर करना भी क्या है! मगर इस लड़के के सामने तो पूरी उम्र पड़ी हुई है।" पास से निकलने वाले एक डॉक्टर से उसने कहा–"सर, सुनिए, एक निवेदन है।"

"मिस रोज़ा हम समझते हैं आपकी तकलीफ़, जितना कर सकते हैं, उतना कर रहे हैं।" उसे लगा कि शायद शिकायत के स्वर हैं ये।

"जी, वही तो मैं भी कह रही हूँ। मुझे वेंटिलेटर की ज़रूरत अब नहीं है।"

"क्या मतलब?" वह एकाएक पलटा। चश्मे से बाहर आती आँखों ने न समझने का संकेत दिया।

"मैं ठीक हूँ। डिरांग को अधिक ज़रूरत है वेंटिलेटर की।"

"मिस रोज़ा, आप क्या कह रही हैं!"

"जी, मैं यही चाहती हूँ कि मुझे वेंटिलेटर लगाने के बजाय आप उसे ही लगा रहने दें। देखो, मैं तो वैसे भी अपनी उम्र से ज़्यादा जी चुकी हूँ।"

डॉक्टर रोज़ा के चेहरे को पढ़ने की कोशिश कर रहा था।

उसे दुविधा में देख रोज़ा अपनी हकलाती आवाज़ पर ज़ोर देकर कहने लगी– "मुझे इतना-सा कर्तव्य पूरा करने दें, उस नौजवान बच्चे को बचाने दें।"

हतप्रभ-सा डॉक्टर डिरांग को देखने लगा। उसके लिए दोनों की चिन्ता बराबर थी। उम्र, रंग, धर्म, जाति का भेदभाव किये बग़ैर जीवन रक्षा करना उन सबकी ड्यूटी थी। लेकिन रोज़ा के प्यार-भरे, इन्सानियत के आग्रह को स्वीकार करने में उसे कोई झिझक भी नहीं थी।

युवक की तबीयत बिगड़ती जा रही थी।

"जल्दी कीजिए, उसकी जान बचाइए!"

न पेपर था, न हस्ताक्षर, न नौकरी की चिन्ता, अगर कोई चिन्ता थी तो वह थी एक जीवन बचाने की। बग़ैर किसी देरी के रोज़ा का समय भी डिरांग को दे दिया गया। एक ऐसा काम जिसके बारे में वह स्टीव को ज़रूर बताती। ख़ैर, ऊपर जाकर बता देगी। वह भी ख़ुश होकर कहेगा–"रोज़, तुम सचमुच रोज़ हो, जीवन की ख़ुशबू फैलाती हो।"

यह सुनकर निश्चित रूप से रोज़ा के गाल लाल हो जायेंगे।

एक घण्टे का समय बीत चुका था। आधी जगी, आधी सोयी वह स्टीव से बातें कर रही थी। डिरांग की आँखें धीरे-धीरे खुलने लगी थीं, रोज़ा की बन्द होने लगी थीं। किन्तु उसके होंठों पर मुस्कान थी क्योंकि सामने स्टीव खड़ा था, उसका हाथ पकड़ने के लिए। जीवन का लेन-देन हो गया था। मौत ने आमन्त्रण स्वीकार कर लिया था। ऊपरवाली छत धुँधलाने लगी थी। पल भर में लिया गया फ़ैसला सुकून की मौत दे गया था।

अपनी मृत्यु-वरण करने का सुख हर किसी को नहीं मिलता, रोज़ा को मिला था। काठ की हांडी स्वयं चूल्हे पर चढ़ गयी थी ताकि आग बरक़रार रहे।

❑❑